小狗左左

【韩】李闵惠 著　金旼俊 绘

徐丽红 译

浙江出版联合集团
浙江文艺出版社

小不点儿：

妈妈，您让我养一天狗好不好？

都跟到这里了……

一个在家里没有地位的男孩

一只自视甚高的流浪狗

他们相遇

会发生怎样幽默而温情的故事呢？

 **左左语录**

文艺范：

有时我会怀念用晨露洗去眼屎，月下唱歌的日子。自古就有"天狗吠月"之说，可见狗是很感性的动物。

文化差异：

第一次听说泥土脏，我感觉到了文化上的冲击。

爱护生命：

为了不踩到弱小的生命，我小心翼翼地挪动脚步。

宗教信仰：

我没有宗教信仰，可是独自生活的时候，佛祖的微笑给了我莫名的宁静。

吃货的烦恼：

如果我像这样只想着吃，我的生命恐怕只会留下大大的饭碗。想到这里，我不由得难过起来，越发想吃东西了。

关于自由：

我绝对不会趴下，相反，我要让他们知道，只要我愿意，随时都可以叫。

论球赛：

如果多几个球就好了，速度慢或者力气小的孩子也能踢到。真是太可惜了。

关于独处：

有的狗在独处时会觉得自己是坏狗，从而痛苦不已。有的狗会因为担心看见鬼而害怕。我却觉得独处的时候，我才更像我自己。

狗的郁闷：

狗不会叹气，真是郁闷。

关于廉耻：

我最喜欢用食物诱惑我的人了。这意味着她懂得廉耻，要求对方做事的时候首先想要付出。

论幸福：

我喜欢在柔和的阳光下打瞌睡，火腿肠会让我兴奋不已。我也喜欢散步时掠过脸颊的微风。当然，这些还不能算是幸福。

目 录

那条狗，它的名字叫左左

　　我有一条狗，起先它瘦巴巴的，好像被饿瘪了似的，而且总是灰溜溜地看人脸色。我给它取名叫左左。现在，它胖得像头猪。为了左左的健康，我尝试过帮它减肥。可是，只要闻到食物的味道，它就不肯罢休。吃啊吃啊，每次看它的时候，它都在吃东西。

　　上次它吃得太多，竟然在浴室里吐了！满地都是泡得像海绵的饼干和面包，千疮百孔的饭粒，还有香蕉皮，也不知道它是在哪儿吃的。爸爸和姐姐一直想把左左赶走，为了不让他们发现，我帮左左擦干嘴角，又用淋浴器冲干净了浴室的地板。下水口过滤出来好多残

渣，也被我扔到马桶里冲掉了。吐完之后，左左好像又饿了，叼起姐姐的拖鞋撕咬起来——它闻到了姐姐脚上的香味。

电视上说吃得太多导致呕吐的人是暴食症，左左可能也得了暴食症。听说暴食症患者需要接受精神科治疗，难道左左也要去精神科治疗吗？爸爸妈妈是不会为狗花钱的。他们都忙着养育我和姐姐。

那是我和妈妈从市场回家的路上，我第一次看见了左左。当时我买了热狗，正在闻香喷喷的油味。这时，一只脏兮兮的狗死死地盯着我的热狗。一只流浪狗，毛上粘了很多污垢。

"它得有多饿，才会不知羞耻地盯着别人的食物……"

我觉得有点儿别扭，就扔了一块热狗给它。流浪狗很快就吃光了，然后跟着我，还冲我叫。

"你不要跟着我，这是最后一次。"

我把没舍得吃的火腿肠都给了它，平时我可是连好朋友都不会给的。

流浪狗一直跟到家门口，这让我感觉很别扭。

"妈妈，您让我养一天狗好不好？都跟到这里了……"

妈妈回答：

"太脏了，不能进我们家，可能有虱子，它身上还会有寄生虫，给它吃的就不错了。"

"只要用杀虫剂杀死虱子就行了。至于它的身体，

我会帮它洗干净。"

妈妈心软了，答应我："就今天！"我帮流浪狗洗掉粘在毛上的污垢，脚掌也擦干净，毛梳得整整齐齐。

"妈妈，左左是不是很有光泽？"

"左左？取什么名字啊？这样会产生感情的。你做梦也别想在家养狗！"

那天，我彻底打扫自己的房间，在洗碗池里放满水，主动要求洗碗。爸爸下班回来，我给爸爸按摩，直到爸爸不耐烦了。爸爸妈妈被我的诚意打动，拗不过我，于是附加种种条件，终于同意我在家养狗了。我要带左左散步，给它喂食，绝对不让它在家里犯错误（指大小便）。万一犯了错，我要使劲擦洗，直到房间里没有异味。我在合同上签字，还按了指印。

"如果你不遵守，连你也赶出家门。"

话虽这么说，不过爸爸妈妈肯定舍不得赶我走，毕竟养我这么多年花的心思也不少。

左左只能听懂三个单词："手"、"去吗"、"走吧"，别的怎么教也听不懂。也许是童年时代遭受虐待，缺少关爱，导致脑子变笨的缘故吧。

"手"是我用食物训练出来的。左左好像是左撇子，总是习惯伸左边的爪子。这点和我很像。因为左左喜欢出去玩，"去吗"和"走吧"，也很快就记住了。只要听到相似的单词，它就跑到门口，拼命摇尾巴。带左左散步的人只有我。

除了不会狗刨，左左是一条很普通的狗。我把它放进浴缸，它也不游泳，而是抬起脑袋和腿，在里面行走。如果放入更多的水，它连下巴也抬起来，发出可怜的叫声。

"害怕吗？人有浮力，可以漂在水面，狗应该也有浮力，不用怕。"

我一定要教会左左游泳。我抬起它的前腿，让它拍水，可是左左不游泳，而是藏到水下。我担心它，连忙抱起它的脑袋。"汪汪汪"，左左连声惨叫。

"你比别的狗胆子小。游泳吧，快点儿活动你的四条腿！"

我用手托住左左的肚子，摇晃它的前腿。只要学会

游泳，左左也会感谢我的。奇怪的是，它越是活动身体，就越是往下沉。恐怕一百年也不会有长进了。左左不停地挣扎，紧贴在我身上，弄湿了我的衣服。如果带左左去河边，恐怕它会被淹死。

在阳台，和小家伙"舔一舔"

雨季刚结束，随之而来的是火一般的炎热。我把毛巾放在冰箱冷冻室里冷冻，然后缠在脖子上面，吹着电风扇，嘴里还嚼着冰块。前段时间的连日大雨让人担心，这回的暴热可能引发更严重的损失。这样下去不知道会不会死人。爸爸大热天出去工作，心情似乎不太好。今天是8月4日，假期还剩一半，却要检查作业。放假后我还一篇日记都没写，情况紧急。爸爸露出意味深长的目光，说道：

"先把日记本和英语本拿来。"

英语偶尔还复习了点儿，爸爸却要看我的日记本。

我很害怕。一想到要挨训，眼里就先含了泪花。要不要说检查日记是侵犯个人隐私？不，这句话更危险。以前我用过一次，爸爸说他对内容不感兴趣，只是看看我写了多少。结果又加了一条说谎罪，一周没有零花钱。我犹豫不决，突然想到了绝好的借口：

"爸爸，前天左左把我的日记本咬碎了。"

"真的吗？那你怎么现在才说？"

"我怕爸爸打左左。"

果然不出所料，爸爸卷起报纸，打了左左的鼻梁。

"做了这种事，当然要挨打。这种没规矩的狗，必须教训。"

可怜的左左只是静静地哭泣，叫都没叫。

自从在沙发上撒尿之后，左左就成了惹人讨厌的家伙。最后，我只好百般求饶，承认自己没写日记，并且说我错了，不该说谎。爸爸让我跟他去卧室。哭也没用，后悔已经来不及了。

爸爸说我只知道玩，一学习就睡觉，简直是十足的傻瓜，还说我和左左没什么两样，一无是处，只知道吃

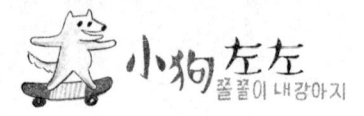

东西。最严重的是爸爸竟然说别人学习的时候，我在玩，本来就不如别人，这样就更差了。如果仅仅是发牢骚就好了，还打了我的手心两次，打得很疼。我恼羞成怒，差点儿就爆发了，觉得很有必要用电脑平静心情。姐姐已经玩了一个小时，现在也该轮到我了。

"姐姐，让开，轮到我了。"

"喂，再等会儿，玩完这局……"

"已经超过一个小时了，赶紧让开，要不然我爆发了!"

姐姐为了镇压我，不惜用眼睛发射电波，然而我眼里的电波更强。

"算你运气好。"

姐姐站起来说。如果挨爸爸打也算运气好的话，那么姐姐玩了一个小时游戏，简直是运气冲天了。

不管怎么说，玩了会儿游戏，我的大脑渐渐平静。突然，爸爸没敲门就进来了。

"你写完日记了吗?"

爸爸明知故问。

"姐姐玩了一个多小时……我刚刚开始……"

"你写完日记了吗?"

"没有。"

"要不要再去趟卧室?"

"不要。"

"真的不要?"

爸爸明知故问。我关上电脑,打开日记本。

"姐姐为什么不挨训?"

"现在就去训她。"

爸爸并没喊姐姐去卧室，只是让姐姐玩电脑不要超过一个小时，还说他买了冰激凌，让姐姐吃。我却要写完五篇日记……现在写到第四篇，胳膊都抬不起来了。我为自己不输给铅笔，坚持写字而自豪。我把冰激凌放在旁边，准备再写一篇日记。冰激凌在慢慢溶化，催促我快点儿把日记写完。大约一分钟后，爸爸对姐姐说：

"韩智啊，你把那个没吃的冰激凌放到冷冻室里，都要化了。"

姐姐急忙走过来，抢走了冰激凌。刚才我就在默默哭泣了。管他什么家人不家人的，我要和爸爸、姐姐断绝关系。不，即使断绝关系，我也要拿到五百元①钱。因为我不玩电脑，就能得到五百元钱。

我把作业交给爸爸检查，同时强调今天玩电脑的时间还不到五分钟。爸爸只是说要我养成在困倦之前写日记，早起学习的习惯。我开始学"乖"了，为爸爸按摩肩膀。爸爸却让我经常给左左洗澡，还要通过运动减肥。越是这样，我越是用力按摩，最后爸爸拍了拍我的手，说：

"别按了，长时间按摩对肩膀也不好。可能是你的手太热，我感觉更热了。"

不但没拿到钱，还要做这么多事，我的心情很糟糕。

"可是，不玩电脑的日子要奖励五百元啊。"

爸爸恶狠狠地看着我，说道：

"我买了冰激凌，今天不给钱了，你吃冰激凌吧。"

爸爸还说不要挑一千五百元的冰激凌，只能吃七八

———————

① 本书中的"元"指韩元，一百韩元约合五角人民币。

百元的。为了从冷冻室里选出七八百元的美味冰激凌，我犹豫了很长时间。妈妈开始唠叨了：

"冰箱门敞开时间太久，食物都化了，还费电。先想好要吃什么，再开冰箱。"

左左在阳台上挠客厅的窗户。因为我说谎，左左被赶了出去。我感觉很歉疚，很想喂它喝牛奶。家人都在看电视，左左独自在阳台上，太凄凉了。我对左左说：

"今天过得很充实，结果挨训又挨打。一小时电脑本来五百元，我却没得到钱，也没玩到电脑。"

左左一声不吭地舔着牛奶。我也蹲下来，吃价值七百元的冰激凌。月亮散发着凄凉的光芒。

他的名字叫小·不点儿

　　他的眼神游移不定，似乎在犹豫要不要给我吃的。这样的眼神意味着我有机会吃到干净的食物。这样的机会很罕见。既没被辣汤弄湿，也没有发霉的食物。

　　我紧张地挺起胸膛，伸直了腿，然后使劲摇尾巴。我使劲闭着嘴巴，努力不让口水滑落，只是静静地祈求。抬起前腿扑人的狗十有八九会挨踢。

　　他不是小心翼翼地给我食物，而是朝我扔过来。我有点儿伤自尊，不过我也知道，驯服一个孩子要比驯服成年人容易得多。孩子可以慢慢地教。我没有一口吞掉火腿肠，而是用舌头轻轻地舔舐，慢慢地，小心翼翼地

吃。我要让他知道，我不是普通的流浪狗，而是一只有礼貌、有教养的狗。

我小心地跟着他，没有抢到他前面，也没有纠缠，始终保持着适度的距离。他和成年女人偶尔回头看的时候，我就扬起尾巴坐下，竖起耳朵。等到被他们看得难为情了，我就若无其事地趴下，

用舌头把毛舔整齐。他们应该也看出来了，我没有虱子，而是一只干干净净的狗。走到家门口，男孩着急地想带我回家。只要下定决心，勾引小孩果然很容易。

我选择和这个孩子一起生活，还给他取名叫作小不点儿。比起实际的年龄，他的发育有些迟缓，经常看着食物皱眉头。这对我们小狗来说是不可能发生的事情。见到小不点儿之前，我无法想象世界上还有这样的病。看见食物就痛苦，太可怜了。成年女人看不下去，直接

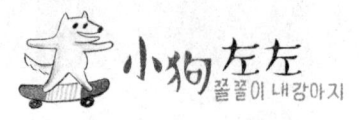

往他嘴里塞东西。如果没有成年女人，小不点儿可能已经死了。

　　我本来就不想让自己属于某个人，因为这样会失去自由。关上门生活，空气不足，多闷啊。有时我会怀念用晨露洗去眼屎，月下唱歌的日子。自古就有"天狗吠月"之说，可见狗是很感性的动物。从前经常对着月亮吠叫的我，现在连叫声也变得安静了。尽管如此，我还是继续住在这里，因为我害怕即将到来的冬天。到那时候，吃的都会结成冰，即使把头埋在报纸里避寒，风还是会钻进毛的缝隙。最糟糕的还是在饥饿中冻死。我也害怕捕杀流浪狗的"卡车男人"。

　　最近，小不点儿好像热得失去了人生斗志。想到去年冬天刺骨的寒冷，我决定忍耐，或者像撕扯鱼肉那样撕碎炎热。怎么撕碎？当然是在热空气里奔跑穿梭。炎热守着自己的位置，岿然不动。我趁机猛冲上去，撕裂这家伙。风吹过我身边，炎热暂时倒下了，站不起来。

　　小不点儿在电风扇前照样出汗。风扇有翅膀，却不会飞翔。当着它的面驱赶炎热，那是很危险的。这个长翅膀的家伙随时都会飞向我的脸，所以我从不靠近它，最好还是在跑动中推倒炎热。我正在推翻炎热，成年女人把我带到一个阴暗的地方。

"这个散漫的家伙！别跑了，以后要在报纸上拉屎，否则就打你。如果房间里有味儿，我就把你赶出去。"

我眨着眼睛看成年女人。看来她不知道，狗屎还可以用来制药呢。

"哎哟，你瞪大眼睛看我干什么？不许胡来，应该这样点头。"

成年女人抓着我的脑袋，强迫我点头。为了不再遭受同样的痛苦，我只能点头。

疲惫的一天过去，难熬的一天又开始了。小不点儿在给我喂食之前，先对我进行"律动拷问"，刚开始是双脚站立练习。

"左左啊，要想用两条腿站立，必须在腰部用力。"

小不点儿使劲抬起我的前腿，使我伸直腰。如果我完成这么艰难的命令，明天说不定还要练习说话。我假

装疼，汪汪直叫。

"左左好笨，连站都不会。昌熙家的狗还能站三秒钟呢。"

小不点儿仍然叫我左左。我告诉他，我的名字叫朵朵，可他怎么也听不懂。也许他发不出朵朵的音吧。以前我住的地方，那里的人们说"朵朵"都很清楚。

总之，我不听话并不是因为我听不懂。一旦满足他们的要求，他们就会没完没了地折磨我。那个经常和小不点儿一起玩的孩子，他家的狗还要练习站立拍手呢。不仅如此，屁股挨打也是家常便饭。它经常被要求保持站姿十秒钟，动不动就前空翻，脑袋上都长了包。同样是狗，我都觉得羞愧又心疼。难道为了活命就必须露出毛都没有的隐秘部位吗？暴露出那个部位，还要坚持十秒钟，这个要求本身就是对狗类尊严的蔑视。小不点儿的地位和我差不多。被成年男人打，被成年女人唠叨，他无疑是这个家里最软弱可欺的人。

女孩子好复杂

敏钟是我们班的班长，学习好，个子又高，总之就是那种让人感到很不公平的孩子。我能和他较量的只有脸蛋。睿芝是我喜欢的女孩。她刚转学来的时候没有朋友，是我把她拉进了去练歌房的队伍，还陪她坐转盘，然而她偏偏喜欢敏钟……有一天，敏钟不以为意地说：

"睿芝给我写信，说喜欢我。"

我掩饰着近乎愤怒的情绪，问道：

"你也喜欢她吗？"

"她在我们班算是漂亮的。我跟妈妈说了，妈妈让

我用手机拍张照片给她看。"

"为什么?"

"妈妈想看看睿芝有多么漂亮。"

"然后呢?如果你妈妈说可以,你打算怎么办?"

"没怎么办,我喜欢胜雅。"

混蛋!

"既然不喜欢,为什么要拍照?"

"妈妈让的。"

"妈妈让拍你就拍吗?"

"是啊,多好玩啊。"

骗子!如果是我,我会请睿芝吃肉串,帮她拿书包,玩转盘的时候也会让她玩得开心。敏钟拍了照片,却不喜欢她……

幸好睿芝在敏钟给她拍照的时候逃跑了。如果理由不是"怕他拍得不漂亮"就好了。我对睿芝有点儿不满,当然对她的喜爱不会轻易改变。

我打算安慰睿芝,于是说道:

"听说你给敏钟写信了?"

"谁说的？别嘲笑我了。"

"我什么时候嘲笑你了？"

睿芝拿眼睛瞪我。我感觉好委屈。这回我想逗她笑，于是说道：

"你被敏钟踹了吧？你被踹了，砰，你被踹了。"

我做出屁股被踢一脚的样子。本来想逗睿芝笑，可是她没笑，而是踢了我一脚，然后哭了起来。我还是躲着她吧。

午饭有芝士条和炒火腿肠，我吃得很开心。老师坐到睿芝身旁，问道：

"睿芝啊，刚才怎么哭了？"

老师只是亲切地问了一句，睿芝又哭了。没办法，我只好替她回答：

"因为她被敏钟踹了！"

睿芝比刚才哭得更凶了。老师却说出了非常荒唐的话：

"敏钟啊，你真的踢睿芝了吗？怎么可以用脚踢女孩子呢？你踢她哪儿了？"

敏钟耸了耸肩膀。这小子总是露出"我什么都不知道"的表情。这回又是我替他回答：

"不是踢了什么地方。"

"哪儿都没踢，那为什么哭啊？嗯？"

老师误以为"踹"是真正的"踢"。大人果然迟钝。换在平时，我可能会礼节性地笑一笑，可是今天我很烦，只是叹了口气。最后敏钟说：

"睿芝说喜欢我，我说要考虑一下。可同学们总是胡说八道。"

这里的同学指的就是我？好委屈。

我假装从饮水机里倒水喝，却侧耳听着敏钟和女生们的对话。经常和睿芝在一起的胜雅和彩琳问道：

"喂，女孩子两次给你写信，难道你不该回复吗？"

敏钟摇晃着身体，把她们的话当成玩笑。像章鱼那样摇摇摆摆是敏钟的拿手好戏。坦率地说，的确挺有趣，可是这种时候只会让人不耐烦。女孩子们抓着敏钟的衣服，一边摇晃，一边催促：

"别闹了，好好听着，睿芝做了这么多，难道你不

该重视她吗？"

"Why？Why？"

敏钟还在开玩笑，甚至抖着肩膀，嘎嘎地学鸭子叫。自古以来，人的想法应该同时来自大脑和心灵，然而敏钟只会用脑子思考。这就是他的问题。

"你的脑子怎么回事？为什么总是做出奇怪的举动？"

"What？因为我不想回答。"

"为什么不想回答？说句'是，不是'有那么难吗？"

"What？不，不难。回不回答是我自己的事。"

"你只想你自己吗？"

"嗯！那我还应该想谁？"

女生们很气愤，推开敏钟的头，用脚踢他。敏钟跌倒在地，仍然说着"What"。真是名副其实的傻瓜。

"What，What，What？睿芝是花心大萝卜，我不喜欢，行了吗？"

"你怎么可以这样说？睿芝哪里花心了？"

敏钟却不接话，摇晃着身体逃跑了。我回到教室，看见睿芝还在哭。竟然为这种笨蛋流下宝贵的眼泪，我太羡慕敏钟了。

下课了，我想让睿芝开心，邀请她去玩转盘。睿芝静静地瞪了我一眼，收拾书包出去了。我不知所措，站在那儿发呆。睿芝头也不回。我感觉心情凄凉，浑身冰凉。我踢着无辜的石头回家。推开门，正在准备晚饭的妈妈热情地迎接我，让我产生了不祥的预感。

"哇，我们韩玄怎么回来这么早啊？"

"不知道。"

"怎么会不知道呢，当然是为了帮妈妈干活才早回家的。"

"不是啊……"

"哎呀，不是可不行。妈妈开着吸尘器呢，你拿抹布擦一下地板。"

"我好累。"

"对，我儿子累了吧？所以我只让你擦地板。妈妈在给你做好吃的炒饭，我要切土豆和胡萝卜。"

"夹在炒饭里的蔬菜是给爸爸妈妈准备的，怎么是为我？"

"还放了金枪鱼和火腿肠呢。"

无奈之下，我只好蹲下来擦房间地板。别人家的孩子不用擦地板也能吃到美味的炒饭，我却想都不敢想。偶尔我需要证明自己是个有用的儿子。我和妈妈吃第一轮晚饭（姐姐和爸爸吃第二轮），我说女生们都好奇怪。

"玩的时候随便打我，使唤我，却给敏钟写信说喜欢他。"

"女孩子的确有点儿复杂……"

"是的，而且是很不好的那种复杂。都喜欢像敏钟那样长得帅的男生，好像不需要对她们好。"

"女孩子喜欢有能力或者长得高、长得帅的男生，这也没什么不好。有抱怨的时间，还不如提高自己的能力和身高，你说呢？"

母子之间的对话以这种方式进行，对话只会越来越少，难道妈妈不知道吗？尤其是在吃饭的时候，说这种

难听的话让人倒胃口，所以我才长不高。我说该带左左散步了，站起身来。

流浪狗的生活

　　小不点儿自己吃完饭，就要带我去散步。我的肚子稍微有点儿凸出，他以为我总是饱的，不给我东西吃，只让我运动。

　　家里其他人想看看小不点儿能把我养成什么样，从来不给我食物。他们大概认为只有我被饿死，小不点儿才能清醒。散步总是让我很开心，可以忘掉饥饿，跑来跑去。树叶得到阳光的祝福，泛着接近荧光的绿色。每当我跑起

来，风会沙沙拂过耳边。看来我还是适合在旷野里
生活。

　　一位白色贵宾犬小姐优雅地走在游乐场里。她好像
对自己是贵宾犬很得意，高高地抬着头和屁股。几只名
贵的狗也懂得炫耀自己，提防着流浪狗。长得那么小，
如果在街头流浪，早就被踩死了，还不把我放在眼里。

我和它们保持着距离，溜了滑梯，还坐了转盘。

陪着贵宾犬的孩子也像贵宾犬似的扎两条小辫，戴着大大的头花。如果不仔细看，还以为她长了六只耳朵呢。看到那个女孩，小不点儿开心地跑了过去。小辫女孩爬上转盘，用命令的语气说道：

"韩玄，你转一下转盘。"

小不点儿转着转盘，越来越用力，简直快要飞起来了。

"不要！慢一点儿！好晕啊。"

"哦，对不起，睿芝，这样行吗？"

"怎么回事？这没意思，我下去了。"

"我知道了，等一下！"

小不点儿使劲蹬地，运动鞋都快磨出火星了，总算停下了转盘。小辫女孩嫌他停得太快，气呼呼地说自己差点儿摔倒。小不点儿快步追上小辫女孩，问道：

"要不要玩滑梯？"

"好幼稚，玩什么滑梯啊？衣服弄脏了你负责吗？"

既然那么讨厌小不点儿，还不如回家算了，然而小

辫女孩却坐上了游乐场的长椅。小不点儿觉得气氛尴尬，两腿颤抖，问道：

"我请你吃冰激凌好不好？饿了吧？"

小辫女孩抬头看着天空，重重地叹了口气，说道：

"真羡慕你会饿。天气太热了，我一点儿胃口也没有。"

"天气热才吃冰激凌嘛。你还为敏钟难过吗？"

"走开，根本不是这样的。"

小辫女孩踢着小不点儿，伸手拍打小不点儿的后背、大腿、脑袋等宽阔的部位。

"啊呀啊呀，好了，不是就不是嘛！"

小辫女孩和小不点儿像是主人和奴隶的关系。不，比这更严重。小不点儿对小辫女孩言听计从，似乎挨打也开心。小不点儿像小丑似的，小辫女孩有时笑笑。稍微开一下她的玩笑，她就怒视小不点儿，拿脚踢，用手拍。一个在逗对方笑，另一个却在报复。

他们的问题对我也产生了影响。贵宾犬对我很放肆。我只是礼节性地摇摇尾巴，她却挺直脖子，流露出

毫无兴趣的样子，然后猛然转过身去。真应该在她脖子上打石膏，那她无须用力就能趾高气扬了。

我独自刨地。狗都喜欢刨地。我们喜欢脚上沾满泥土的感觉，也好奇地里面有什么。以前，我经常把意外发现的食物藏在地里，留到肚子饿的时候再吃。贵宾犬好像见到了原始狗似的对我说：

"你不会是想吃掉在地上的东西吧？养成这种不卫生的习惯，会得肠炎的。"

第一次听说泥土脏，我感觉到了文化上的冲击。

"一切都来自泥土。我们都生活在泥土上，泥土怎么会脏呢？"

"我什么时候说泥土脏了？我说的是粘了泥土的食物脏。"

我觉得这两种说法有相同的意思。这样想着，我继续刨土，幸运地发现了串在竹签上的肉串。我舔掉泥土，咔嚓咔嚓地嚼了起来。贵宾犬哑着嘴说道：

"安安静静地吃，不知道害臊吗？"

"我吃东西本来就要发出声音。狗的习惯最难改掉，我就要这样吃。"

"佐朗啊，佐朗！"

起先我以为小辫女孩在叫我，连忙竖起耳朵，然而贵宾犬灰溜溜地跑了过去。小不点儿问道：

"它叫佐朗？我的小狗叫左左，以前它瘦得皮包骨头。"

小辫女孩盯着我看。不知为什么，她的目光让我蜷缩起身体。

"这只胖狗竟然也有瘦的时候，真不可想象。你应该让它好好管理自己，像我们佐朗这样。"

"脖子上需要石膏的家伙名字叫佐朗？佐朗佐朗，这名字挺有品位啊。"我没有掩饰笑意。

"佐朗，这名字很适合善于自我管理的干净人。"

佐朗竖起毛，说道：

"你怎么叫左左？以前捡过垃圾吗？"

"岂止是垃圾？还捉过老鼠呢。"

佐朗竟然对捉老鼠很感兴趣。

"真的是活老鼠吗？"

"死老鼠我才不碰呢。"

不管是死老鼠还是活老鼠，我都不想面对，不过我很想表现得强悍，于是说道：

"老鼠很聪明，反应很敏捷，如果不是很多的话，根本发现不了。但是，我能看得清清楚楚。你要是不信，下次我表演给你看。为了捉老鼠，我总是把牙齿磨得很锋利。"

我向它展示锋利的门牙和趾甲。吹牛就是这样，一旦开始说谎，就无法控制了。

"以前住在乡下的时候，只要提到我，没等追赶，老鼠们就吓得趴在地上'任我宰割'。"

"是吗？这附近的狗都养尊处优，看见虫子也会逃跑。"

我更加自信了。

"看来你见过的都是胆小鬼。又不是小鸟和獾子，老鼠这东西，我一次能捉两三只呢。不过老鼠的皮硬邦邦的，尾巴也很难吃，不好吃。小猫喜欢。"

我得意扬扬，胡说八道。事实上，我最讨厌捉老鼠

了。小时候，我不小心杀死过老鼠，再看见老鼠就会起鸡皮疙瘩。死去的生物散发着奇妙的能量，尤其是一动不动的瞳孔最恐怖。最后佐朗留下一句刺激我自尊的话，走了。

"可是你……你那么胖，真的能捉到老鼠吗？"

我低头看了看自己的腿。脖子上的赘肉使我很难看到肚子，倒是看得见因为肚子下垂而变短的腿。重要的不是门牙，也不是趾甲。

人生好累

　　带左左散步的时候，我遇到了睿芝，幸运地拥有了两人独处的时间。睿芝似乎也喜欢和我玩，这让我很放心。睿芝说左左是胖狗，我又有点儿不高兴。看来我得采取措施了。

　　回到家里，姐姐正在玩电脑游戏。我很饿，看到姐姐玩电脑，我也想玩。

　　"昨天光你一个人玩了，今天该轮到我了。"

　　"我刚玩没多久。"

　　说谎，电脑不会几分钟就变热。时间长短是相对的，也许对姐姐来说"没多久"，但的确已经很长时间

了。我尽可能友好地说：

"我能看出你玩一个多小时了，快出来。"

"如果你模仿狒狒，我可以考虑。"

我好想骂人，不过忍住了。电脑中毒症不可能通过骂人解决。我把自己当成精神科医生，模仿了狒狒。

"哦，我是狒狒。"

我瞪大眼睛，露出白眼珠，拉长脸，吐出舌头，胳膊乱舞。姐姐大声笑了一会儿，突然冷静地说：

"哎呀，太幼稚，我看不下去了。你带左左散步回来，还没给它洗脚吧？这样下去会被爸爸打的。"

笑也笑完了，现在却拿左左说事。

"左左是狗，光脚走路也不脏。"

姐姐耸了耸肩，继续埋头打游戏。

"是吗？要是左左被赶走我可不管。怎么办呢？姐姐现在已经和椅子浑然一体了，就是站不起来的意思。"

这个屁股！姐姐从头到脚都自私，尤其屁股最自私。只要坐到电脑前，就算屁股出汗，她也不会站起来。正因为这样，姐姐才成了游戏高手。我把手伸到她

头顶，打算弹她一下，却又放下了。想到左左，我就不敢随便动手。

我给左左擦脚的时候，发现它身上粘了很多沙子，干脆给它洗了澡。我打了它屁股两下，让它以后玩的时候小心点儿。左左汪汪叫着，跑到了卫生间的角落。我把淋浴头对准逃跑的左左。左左的头贴在卫生间门上，找到敞开的门缝逃跑了。我赶紧去追。左左身上抹了香皂，滑来滑去，时而前滚翻，时而侧滚翻，时而空中旋转，弄得地板上到处是香皂沫。左左自己藏到阳台去了。它本来就怕水。也许是我太过分了。不过，我还是忍不住想笑。我擦了地板，又在浴缸里接了水。我要和它一起洗澡，不让它害怕。

左左蜷缩在花盆之间的缝隙里，身体却不能彻底藏住，嘴里还呼呼地吐气。它的眼睛里好像进了香皂水，不停地用前脚抓眼睛。我先用毛巾帮它擦脸，然后带它去了卫生间。左左身体僵硬，和我一起进入浴缸。不一会儿，它恍然大悟，像孩子似的紧贴着我的身体。整个洗澡过程中，它拼命往我肩膀和头上爬。看它这么搞不

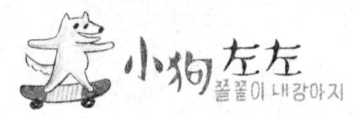

清楚状况，我真担心它脑子有问题。不，我愿意往好处想，它是太喜欢我才这样的。

　　好不容易出来了，没等擦干身体，它就使劲乱抖，水溅到四面八方。今天一天就擦了三次地板，人生好累啊。我用电吹风帮它吹干身体，左左竟然害怕电吹风的声音，不停地往我身上拱，好不容易把头藏起来了。我就这样帮它吹干了身体。

左左洗完澡，已经九点了，我这才想起还没给它喂食。时间晚了，我特意用牛奶泡了面包给它吃。不知道为什么，明明眼前放着食物，左左仍然哭丧着脸。放在平时，它早就一头扎在牛奶里大吃特吃了。

"哎呀，左左生气了。男子汉不能因为这点儿小事生气。"

左左没理我，像睡着了似的缩起身体，耳朵却动个不停，一看就是假装。左左，连你也……

"好吧，肚子饿的是你，又不是我。随便吧。"

说完以后，我忽然意识到，这是妈妈经常对我说的话（尤其是早饭时间）。我理直气壮地走到姐姐身边，强烈要求她让出电脑。姐姐说爸爸快回来了，让我安安静静地做作业。姐姐在玩"超级跑跑"，还说自己是缓解紧张情绪。终于，到了爆发的瞬间！姐姐总是说谎，差不多超过一百次了。我拔掉电脑电源。姐姐猛地站起来，恶狠狠地喘着粗气。如胶似漆的屁股和椅子终于分离开来。

"明明是你的错，瞪我干什么？"

嘴上这么说，我还是有点儿害怕，赶紧走到妈妈身边，假装写作业。姐姐又打开电脑，以此发泄心中的愤怒。

我的房子可能是膝盖

不知怎么回事，小不点儿一回家就写作业。他用手捋着鬓角，写得很认真。小不点儿虔诚地抚摸着头发，还抹了些黏稠的东西，时不时地照照镜子，露出心满意足的微笑。他大概只看到自己的鬓角，毫不在意自己的矮个子。

成年女人说：

"哎哟哎哟，我们王子竟然开始学习了？"

她对小不点儿的态度经常发生变化。有时叫王子，有时叫臭狗。根据我的观察，成年女人看着镜子里的自己，感觉漂亮的时候，对小不点儿就会很和蔼。

"今天作业早早做完了，要不要和妈妈一起去理发？"

"要是汉芝美容室的话，我不去。明明说了只剪一厘米，那个阿姨还是胡乱地剪。我量了一下掉在地上的头发，足足有三厘米，三厘米啊！我什么都没说，可是那天夜里，我是哭着睡的，你知道吗？"

"是吗？那我们去正贤美容室，怎么样？"

"只有一名理发师，要等一个多小时呢。妈妈，我们带着左左去市里理发，顺便吃美食。我三天没玩电脑了，却没有得到一千五百元钱。左左好像有点儿焦虑，不怎么吃东西。"

小不点儿没看出我在减肥。不过成年女人还是答应了，条件是小不点儿必须把我打理得干干净净。

美容室员工对小不点儿热情相迎，看到我从箱子里探出头来，丝毫没有掩饰他们的不快。

"这位顾客，狗必须有主人抱着才行啊。我们倒没什么，就怕其他顾客不喜欢，所以……"

职员们说狗会吓到其他顾客，要求我不能乱跑。我只好乖乖地坐在成年女人的膝盖上。

不一会儿，一只金色的小约克夏梗来到了美容室，职员们喜欢得不知如何是好。"我第一次见到这么小的狗。""叫起来好可爱啊，小狗怎么不认生啊？"小约克夏梗被人们的赞美声包围了，自由地在美容室的地上爬来爬去。本应感到不公正的成年女人也表现出愉悦的关注。只有小不点儿在乎我的权利。

"那只狗为什么可以到处乱爬？"

"啊，它小，走不远……"

约克夏梗不停地叫唤。

"的确有点儿吵，可是人们都喜欢，也没有威胁性。"

"我们左左也很乖，不扑人。"

"你的狗乖不乖，其他顾客不知道啊。"

虽然我的外貌不是很漂亮，可是看到约克夏梗所受的关注，我还是感觉自己被隔离了，好凄凉啊。小不点儿很快就放弃了，无奈地耸了耸肩膀。

美发师给小不点儿剪了刘海儿，后面又剪短了些，

剪成圆瓢状。面对如此滑稽的发型，美容室里的女人们竟然赞不绝口，"好帅，真像明星"。耳根子软的小不点儿很开心，说下次还来。

街上到处都是人。城市里的人们都是行色匆匆，好像要迟到的样子。眼睛看不见的人也挥舞着拐杖，走得飞快。打扮各异的人们面无表情，眼睛、鼻子和嘴巴显得更紧凑了。公交车上很挤，小不点儿和成年女人分开

坐了。我探出头，环顾四周。突然，旁边的女人对小不点儿说：

"小朋友，坐在前面的女人是你妈妈吗？"

小不点儿点了点头。我从那个女人身上感受到不寻常的气息，紧张起来。

"你爸爸是不是太可惜了？你长得这么好看，再看看你妈妈，肯定是你爸爸吃亏了。"

　　小不点儿看着窗外，不想回答。"汪"，我短促地叫了一声，女人毫不在意，继续说道：

　　"前面那个女人是你的亲妈吗？养这种狗，看来你们家情况不怎么样……"

　　小不点儿站了起来。女人抓住小不点儿的手腕，抚摸着他的刘海儿说：

　　"刘海儿是在哪儿剪的？刘海儿不能这样落下来……你知道永镇吧？永镇的刘海儿都是竖着的，你也应该像永镇那样。"

　　小不点儿吞吞吐吐地说：

　　"我不知道永镇是谁啊……"

　　听小不点儿说不知道永镇是谁，女人气呼呼地换到了别的座位，一边慢吞吞地换座位，一边不停地自言自语。当然了，没有人听她说话。

　　永镇是她的儿子吗？我胡乱猜测陌生女人的丈夫，这个女人的家人都在哪里呢？她也是独自一人吗……我因为失去妈妈而独自流浪过好长时间，难道这个女人也和我一样吗？我感觉有些凄凉，视线转向窗外。太阳收

回了剩余的光芒，缓缓地沉下去。我转头一看，小不点儿正在抚摸我的后背，仿佛在安抚我的心灵。阳光斜照着我和小不点儿的脸。我们在阳光里闪闪烁烁。我感觉终于找到了属于自己的家。

复仇计划成功

　　这个阿姨好讨厌。那么大的脸，化着红红绿绿的浓妆，声音也很奇怪。我很害怕，想叫妈妈，却又忍住了。我担心阿姨叫妈妈"胖女人"。妈妈觉得自己漂亮的时候才会开心。爸爸也认为妈妈很漂亮。偶尔在我和姐姐面前，爸爸也会泰然自若地说些肉麻的话："我们女王陛下怎么年纪越大越漂亮了？"

　　如果妈妈是女王陛下，那我应该是王子，然而自从上次考试得到"需要努力"的评价，我的地位就下降了。爸爸严厉地说，我的成长道路太平坦了。我带回家的左左也受连累。爸爸说它不是我们家的人，却要白白

吃饭。我承认这事的确值得爸爸生气，可是考试考砸的人是我，应该我更生气才对啊。爸爸这么说太过分了。

姐姐打开门，一看到我就倒在地上，拍着地板大笑：

"哈哈哈哈！怎么顶着瓢回来了，哈哈哈。"

我的发型有那么好笑吗？我很想大发雷霆，不过我忍住了，只是让她不要再笑。姐姐对我的好言相劝置若罔闻，笑得更响亮了。这种时候我真想知道，有没有什么办法可以不用骂人就能和平解决问题。本来想和妈妈在外面吃饭，可是想到姐姐和爸爸，我决定回家吃晚饭。看来我的想法是对的。我逃回房间，戴上棒球帽。直到爸爸回来，姐姐才停止笑，站起身来：

"爸爸，您回来了？"

姐姐娇滴滴地跑了过去。今天爸爸又买了很多姐姐喜欢的"美味闪闪"冰激凌。最近爸爸总是偏向姐姐，只对姐姐好。我得到"需要努力"评价的时候，姐姐所有科目加起来只错了三道题。爸爸说姐姐学习好，经常玩电脑也不用担心。玩电脑的差别也就算了，日常生活

中的差别待遇更让我感到委屈。每当我因为找不到东西
而急得团团乱转，爸爸就会先发火。如果换成姐姐，爸
爸就会说："再好好找找，肯定能找到。以前我好像在
卧室抽屉里见过……"如果爸爸帮我找到了什么东西，
说话声音会很大："长着两只眼睛，怎么就看不见呢？"
对姐姐，爸爸会温柔地说："乖女儿，爸爸找到了哦。"

　　现在也是这样，姐姐一开始吃饭，就舒舒服服地在
客厅里看着电视。我一看电视，爸爸就会说，你再看电
视，就和傻子没有两样了。现在呢，爸爸却对姐姐说：
"看什么呢？我们一起看吧。"天很热，我戴着帽子做作
业，泪水模糊了视野。

　　我落寞地把剩肉扔给左左。左左今天还是不肯吃东
西。是不是身体不舒服啊？要不要带它去动物医院看
看？可是爸爸肯定会说，我们家富有到为狗支付医药费
的程度了吗？幸好它还能喝水。

　　睡觉前，我读了小时候妈妈给我读过的古书。读到
第十七页就犯困了，我强忍着读到二十九页，终于忍不
住睡着了。这时，有人打了我的后脑勺。我坐起来一

看，原来是姐姐。姐姐总是这样欺负我，然后还会对我说：

"哎哟，不是我想打你，是我的左手打了你。"

姐姐由此得出奇怪的逻辑，如果我打她的左手，那就相当于打自己。这回我一头雾水，姐姐大概觉得无趣，发了句牢骚就走了：

"写完日记再睡。"

我合上书，开始写日记。刚才被姐姐打了后脑勺却没发火，我耿耿于怀。我经常觉得人生太累。要想不得病，必须做点儿什么才行。

我不敢和姐姐针锋相对，只好偷偷地把"美味闪闪"冰激凌拿到房间，塞进了被窝。定好闹钟，我起床吃了点儿融化的冰激凌，然后把白胡椒、少许绿芥末、黄油和盐混合均匀，填满剩余空间，重新放回冰箱。我不确定冰激凌的主人是谁，至少不会是我和格外关注体重的妈妈。随后，我拿着白胡椒爬进卧室，趴在床底下，把胡椒撒在爸爸的鼻子下面和被子里。胡椒混在白色的被子里，几乎看不出来。完成任务后，我悠然自得

地走出卧室。

　　第二天早晨，爸爸因为打了一夜喷嚏而眼睛通红。下午，姐姐拿着剩下的冰激凌，坐在电脑前。姐姐聚精会神地玩游戏，吃到一半也只是皱了皱眉头，没有感觉到异常。决定性的瞬间出现在她和超级巨人搏斗的时候。姐姐使劲咳嗽，好像被噎得窒息了似的，却还是不停地敲打键盘。都要窒息了，还在对付巨人，难道学习好的秘诀就是这份专注力？随着咳嗽的加剧，姐姐的脑子似乎也转得慢了。转换方向和使用武器的时候接连失误，巨人终于吃掉了姐姐的化身，真是大快人心。直到游戏彻底失败，姐姐才感到恶心，起身去了卫生间。姐姐说冰激凌味道奇怪，又尝了几口，可惜已经吃了太多，无法控诉了。

　　复仇计划成功！

喜欢人类

太饿了，睡不着。为了减肥，我从早到晚只喝水。我对着墙壁衡量腿变长了多少，好像长了一丁点儿。皮肤受重力影响，随着体重的增加而下垂，胖的时候腿也会变短。尤其是狗，肚了向下，情况就更严重了。总不能因为减肥而饿死吧，所以我只能增大运动量。我在阳台上蹦蹦跳跳，跳到气喘吁吁。不一会儿，成年男人猛地推开阳台门，恶狠狠地瞪我。

"乖乖的！你这么吵，楼下找上来怎么办？"

"至少阳台不会有人住吧。"我这样想着，在角落里坐下了，为的是让自己显得忧伤。成年男人看电视的时

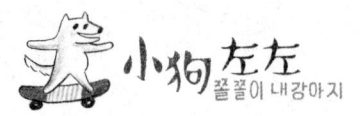

候态度温和，到阳台抽烟的时候显得很可怜，跟我说话的时候显得粗野。如果像看电视的时候那样对我该多好，唉。

为了引起成年男人的注意，我可怜巴巴地叫了几声。如果成年男人还有同情心，应该会对我心生歉疚。不料，男人哐当关上阳台门，回房间去了，脚步声很响。

不一会儿，所有的人都陆陆续续出门了，只剩成年女人在家。趁着成年女人出去倒垃圾的时间，我悄悄地溜出门缝。外面空气清新，太阳出来的时候好像也带来了新的空气。

翻过小区后面的围墙，我看见一座小山，山顶有小寺庙，运气好的话可以找到东西吃，渴了还可以喝河水。现在，很多狗都不懂爬山技术，没有机会接触山，真的好可惜。

我挑选少有人走的路。为了不被怀疑为野狗，我尽可能表现得像只乖乖狗。很久没爬山了，脚掌很痛，不过很快就适应了。为了不踩到弱小的生命，我小心翼翼

地挪动脚步。这是跟妈妈学来的习惯。这样的时候，我可以和很多生命相遇。泥土里穿行的蚯蚓、树叶上啜饮露珠的蜗牛，偶尔还能在草丛里看到刚刚醒来的小昆虫……草丛里有很多食物，只是每种昆虫喜欢的草各不相同，它们有各自的朋友圈。蝈蝈喜欢蒲公英花粉，蚱蜢喜欢啃草坪。通草木夜蛾的幼虫吃通草叶，长成通草木夜蛾。

上山途中还会遇到许多奇怪的蚂蚁。两只蚂蚁并排挂在一只蚂蚁的身上，后面两只蚂蚁好像受伤了。我被它们照顾伙伴的情谊感动了，在旁边观察，前面的蚂蚁趁第二只蚂蚁不注意箭也似的消失了。第二只蚂蚁看上去很疲惫。我仔细一看，原来第三只蚂蚁已经死了。第二只蚂蚁转过身，不停地揉搓后腿，大概是想甩掉第三只蚂蚁。它好像是咬着前面的蚂蚁死的，死后也坚决不肯放开。活着的蚂蚁会松口，死蚂蚁却绝对不会。情况尴尬，我想帮它们分开，又担心撕掉蚂蚁的腿，只好放弃了。

来到山顶，迟钝的嗅觉和听觉似乎恢复了。我在寺

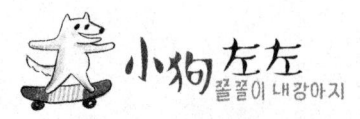

庙里调整呼吸，看到了久未谋面的佛祖。我没有宗教信仰，可是独自生活的时候，佛祖的微笑给了我莫名的宁静。看到佛祖，我经常想起妈妈。也不知道为什么，今天我想起的却是小不点儿。

每当肚子饿的时候，看见美景的时候，寂寞想哭的时候，我都会想起小不点儿。突然，我想起了妈妈的话：

"你知道妈妈最大的痛苦是什么？"

"是寒冷，不，饥饿更痛苦。"

我闷闷不乐地回答。妈妈像唤起了什么温暖的回忆，说道：

"狗本能地取悦于人，想要得到人的关爱。如果你喜欢上某个人，就要懂得面对分别的时刻。"

妈妈就因为喜欢人类，直到被抛弃也没能意识到自己被抛弃的事实。妈妈似乎很为自己能够等到人类喂食的耐心而自豪，然而被抛弃之后，这种耐心就没有了用武之地。这使妈妈变得脆弱。

"我不用担心，因为我不会喜欢上人类。"

"这个不好说，谁都不能保证……"

妈妈说得真对啊。除了一件事，那就是我第一次学会分别的对象不是人类，而是妈妈。妈妈从来没吃饱过，就被车撞死了。开车的男人下了车，粗鲁地说：

"哎呀，真倒霉……"

我汪汪大叫，用舌头舔着妈妈。旁边的女人脸蛋白皙而美丽，说道：

"妈呀，太可怕了。"

"狗主人是干什么的？怎么让狗到处乱跑。在农村，这是个问题。"

"好像是流浪狗。"

他们把妈妈踢到路边，简单地盖上报纸。尽管没用到手，然而男人还是使劲甩了甩手，吐了几口唾沫，就离开了。我不知道该怎么办，只是呆呆地注视着汽车离开。我身体颤抖，依偎着妈妈。无论我怎么用头撞妈妈，生命消失后的肉体都冷冰冰地纹丝不动。

附近的人们发现妈妈，皱着眉头说早知道这样，还不如夏天就把妈妈杀掉吃肉。他们所说的人情似乎只为

人类存在。

　　我藏在山里，毫无意义地叫上几声，嗓子哑了就睡觉。有时到村里翻垃圾堆，寻找食物。有时被人打，被人驱赶。饿到极点了，我也抓过小动物吃。生肉常常让我更疯狂。气得快要发疯了，我就奔跑。跑起来的时候，感觉世界停止了，时间倒流，说不定可以见到妈妈。我就这样跑到窒息，跑到累得睡着。直到我来到这个陌生的小区……

被戳穿的秘密

终于到了考试的日子。

"所有课桌朝后放。"

之所以背对着黑板，是因为今天要期中考试。这样老师可以做自己的事情，还能监视我们。大多数同学都放弃了作弊的念头。发卷子的时候，老师说：

"这个主意真的太妙了，不是吗？"

敏钟打破了考试的紧张，回答说：

"是的，问题是这样只对老师一个人有好处。"

老师瞪了敏钟一眼，继续发试卷。敏钟在检查自己的文具，没有感觉到老师的目光。

我拨弄着鬓角，头好痛。如果不搓捻头发，恐怕很难忍受紧张的情绪。试卷离我越来越近，搓捻头发的速度也渐渐加快，腿都开始发抖了。

"不要做出妨碍考试的举动。"

老师看着我说。我用手紧紧抓住腿，让腿动弹不了。停下两种动作后，我开始祈祷。

"上帝，佛祖，真主安拉，印度的几千万神灵，谁都可以，请保佑我得100分。"

有人问："老师，简单吗？"老师说："只要把老师讲过的看一遍，那就不可能错两道题以上。"也就是说，错两道题以上的人，等于没听老师讲课。

考试之前，我在名字旁边写了："祈祷100分，加油！"第一题不到一秒钟就做出来了。很容易，我甚至怀疑"这也用得着出题吗"。如果后面都是这种题目的话，我一分钟就能完成。谁知后面的题目越来越难。前面的简单题目是为了让大家不至于彻底放弃考试。尤其是第十七题，简直复杂到了残忍的地步。竟然从意想不到的边角旮旯出题……也不知道出题人是谁，肯定心胸

狭窄，爱在小事上钻牛角尖。像第二十题那样别扭的题，出题人肯定性格扭曲。否则他们也不可能喜欢看到无辜的学生拿低分，饱受绝望和恐惧煎熬的痛苦。

第十题，怎么解也解不出来。我问旁边的昌熙："第十题做出来了吗？"昌熙回答说："嗯，很简单。"我接着问："题目是不是有问题啊？"这回老师说话了：

"你们在说什么？"

我紧张得双腿又在发抖，捻起了头发。

"我，我……问第十题是不是有问题。"

"这种问题应该问老师才对，你为什么问昌熙？考试时间说话等同于作弊，知道吧？"

我有点儿委屈。

"我按照老师教的做了，可是做不出来。"

老师问其他同学：

"同学们，第十题有问题吗？"

这回我的头发好像被向心力拔起来了。

"没有……"

大家响亮地回答。这时，成冠把试卷撕了。

"热死了，没法答题。"

成冠体重超过七十公斤，属于高度肥胖，经常感觉饥饿。老师没有发脾气，而是给他一张新的试卷，安慰他说：

"是啊，课桌太小，很闷吧？老师给你扇扇子，继续答题吧。"

"再做一分钟，我会疯掉的。"

最后，成冠说要大便，离开了教室。啊，自由的灵魂啊，我也想出去。不过我先是有礼貌地举起手来。

"我……可不可以先去喝口水？嗓子好干……"

为了表达我的诚意，我揪着喉咙发出沙哑的声音。老师平静地问：

"嗓子干得要死？人不喝水也能坚持十二天以上。"

成冠出去的时候，老师没说"要憋死了吗？人不大便也能忍耐一周以上"，只是哭笑不得地看了看成冠。同学们转移了话题：

"老师，我们也热，打开空调吧。"

"同学们，哪所学校会在下雨天开空调？如果我们

因为天热而开空调，那么其他地方也要开空调，对吧？地球会更热，最后更热的是我们。"

不一会儿，成冠从卫生间回来了。只有他在老师的扇风中解题。老师扇着扇子，突然惊讶地说：

"同学们，第十题数字错了，你们怎么都不说？"

"就是嘛。"我赶紧回答。

"老师，我刚才问昌熙的就是第十题。"

"刚才你们不是都说做出来了吗……"

"我没有回答。"

"我不知道是题目有问题，还是自己不会做。"

"总不能只有我一个人承认不会做吧。"

同学们的回答都有道理，于是老师道歉，修改了题目。除了几道题以外，其他问题的答案都毫不反抗，顺利浮现在我的脑海里。妈妈说我脑子很聪明，问题是马马虎虎。我不停地思考。因为当我停止思考的瞬间，我可能会变得愚蠢。

决定性事件发生在英语课。听力测试的时候，昌熙

突然说：

"老师，听力第二题没有答案。"

老师似乎想起了上一场考试的失误，很认真地对待昌熙的话。同学们争吵起来，有的说"有答案"，有的说"没有答案"。有答案的同学认为选项2是正确答案，认为没有答案的同学说选项2是陷阱。这时，开始播放第三题的录音了。老师让大家安静。同学们说老师声音太大了，没听清题目。老师说为了让我们安静下来，只能大声说话。就这样，第三题结束了。

老师有些慌张，说一定会让我们重听第三题，先专心听第四题。我们专心听第四题，却又总想着刚刚过去的第二、第三题，精力无法集中了。更严重的问题是第五题。因为我们还在想着前面的第二、第三、第四题。同学们陷入了不安和混乱，互相询问有没有听到问题，又错过了第六题。老师不得不下最后通牒，从第七题开始，谁再说话就按作弊处理。有些同学已经自暴自弃，说反正已经错了六道题，还不如都错算了。始作俑者昌熙干脆捂住了耳朵。就这样，第七、第八题一闪而过。

数学考得再好都没用了。老师的脸热得像烤红薯，看起来像烤红薯在流汗。成冠突然站起来说道：

"与其这样，还不如去拉屎呢。听也听不见，这不是浪费时间吗？"

敏钟果断地终结了混乱：

"能听清的，即使吵闹也能听得清。课间那么吵，大家还是照样交流，不是吗？"

老师像抓住了救命稻草，说道：

"对，都是因为你们吵吵嚷嚷才没听清。第三题是因为老师说话，我会让你们再听一遍。"

第二天，考试成绩出来了。老师发着试卷，说道：

"考得好的不要得意，考得不好的也不要绝望。错题在笔记本上修改，努力不让错误重复，这是我们所有人的义务。"

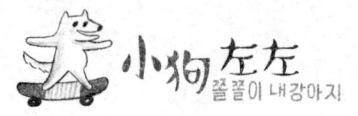

　　我的成绩分别是92分、88分，这简直是摩西分开红海般的奇迹。我上演了提高30分的奇迹。老师说：

　　"同学们，韩玄的分数每门提高了30分！为他鼓掌！"

　　于是，全世界都知道我上次的成绩是五六十分了。同学们笑嘻嘻地鼓掌。燃烧我全身的满足感也冻僵了。

我的乐观符号

　　成年男人回家时经常发出"嗯哼"的声音，这是他召集家人的信号。我也摇着尾巴跑出去。现在我干净了，也瘦了。我满怀信心地走过去，用头蹭中年男人的脚腕。也许会被他踢到角落里。然而越是这样，我越要先冲上去……成年男人心情似乎不错，温柔地推开我："怎么总是黏人？走开。"我远远地站着，一圈圈跳舞。

　　"哎哟，小家伙，出奇地活跃啊。韩玄啊，你用绳子把它拴上，别让它在地板上滚来滚去。狗必须拴起来才有规矩。"

　　小不点儿回答："作为家人，不能在它脖子上拴

绳子。"

"天啊！左左什么时候加入我们家的户籍了？难道要叫它金左左吗？"

小不点儿没想出更机智的回答，只好把我送上了阳台。

"爸爸，这次数学考试我得了92分。"

小不点儿得意地说。成年男人闷闷不乐。

"好，上次得的是'需要努力'，看来的确努力了。今天你可以吃一千五百元的冰激凌。"

"考试考好了，以后可不可以不去补习班啊？如果不去，我还能学得更好。"

"如果不想去补习班，你还要更加努力才行。谁知道这次是不是走运才考好的？"

"不是走运，是实力。"

"能提高你的实力，看来补习班的确很了不起。"

"了不起的不是补习班，而是我。动脑子的人是我，在试卷上写下正确答案的人也是我。"

成年男人终于露出和蔼的微笑，回答说：

"呵呵，是吗？那我就相信你一次。不过你要努力，别辜负我对你的信任。"

小不点儿蹦蹦跳跳了很长时间，无比喜悦。他时而对着半空挥拳，时而踢腿。小不点儿变得可怕起来，正在这时，电脑少女说话了：

"爸爸，点份炸鸡，好久没吃了。"

看来人类需要定期吃炸鸡。

"我们公主想吃，当然要吃了。"

如果小不点儿提出什么要求，成年男人总是不耐烦。面对电脑少女的要求，他却欣然应允。

小不点儿一家在地上铺了报纸，亲亲热热地撕着炸鸡吃。小不点儿说：

"爸爸，左左好像没胃口，不怎么吃东西，可不可以给它一块炸鸡？"

"这家伙吃饱了就闹绝食吗？不能随便提升它的胃口，这个给它吧。"

成年男人扔给我一块骨头，说道。

"鸡骨头很危险的。"

成年女人说。

"对，还是爸爸吃过的。"

小不点儿补充道。

"狗本来就喜欢啃骨头，胜过吃肉。"

狗更爱骨头上的肉，喜欢肉的香味。不能因为舍不得给我吃肉就说我不喜欢啊。鸡骨头很尖锐，容易划破食道和肠胃。小不点儿把自己正吃的肉粘回到骨头上面，像是在粘湿纸巾。我知道它是为我才这样做。有点儿可笑，不过我还是寻找积极正面的部分，心怀感激。我想着小不点儿的良苦用心，津津有味地吃着他偷偷粘上去的小肉块。电脑少女说道：

"我的朋友花两百元买了只小鸡，初伏时杀掉吃肉了。小鸡两个月就能长大，就可以吃了。"

"是啊，我们也应该养只鸡什么的。狗养了也没有用。"

成年男人看了看我，面带"又不能吃肉，养你做什么"的表情。小不点儿恼羞成怒地说：

"左左给我们带来了快乐。老师说，精神的满足要

比肉体的满足更重要。"

电脑少女回答说：

"老师这么说是为了让你们读书，不是让你们养狗而不养鸡。"

"那你去养鸡好了。等小鸡长大，砍掉鸡头，拔掉鸡毛，用油炸着吃就行了。"

成年男人点了点头，默默地吃肉，然后把骨头给我。成年女人瞪了男人一眼：

"鸡骨头不能给它吃。"

成年男人稍显迟疑。我赶紧叼起鸡骨头，生怕被抢走。这个男人不是很抠门，骨头上留了不少肉。电脑少女说：

"啊，小鸡比左左吃得少多了，拉得也少。左左到处拉屎。"

啊，我明明只在一个地方拉屎……卫生间前的脚垫难道不是我的专用卫生间吗？

最后，成年男人说：

"你们再吵下去，炸鸡都吃光了，还是这小家伙最

安静。"

　　我有那么多的才华，成年男人似乎对安静这点看得最重，还温柔地抚摸我的脖子。小不点儿得意扬扬地说：

　　"对，小鸡不会因为察言观色而安静下来。"

每天和小家伙一起走路

本来我就憋着大便，一看到放学回来的小不点儿，我怕自己会兴奋得想尿尿，于是颤抖双腿强忍着。如果因为开心就放肆地摇尾巴，我会情不自禁地尿出来。

早晨，小不点儿给了我喜欢的苹果，还在饲料里加了牛奶和面包。我吃得很香，大便压力也随之增大。我想快点儿出去大便，急得直叫。其实我可以拉在事先铺好的报纸或垫子上，只是今天我不想这样。最重要的是

身体痒痒，我在沙发和床上跳来跳去好几次。每次成年女人都训我，说我扬起了灰尘。小不点儿沉浸在游戏里。我假装咬他，要求出去，可他只是用脚轻轻把我踢开，没有别的反应。我很生气，而且也憋不住，就在小不点儿旁边大便了。我蜷着后腿，先拉出少许，然后到旁边又拉一次，最后到小不点儿脚下拉了很多。这样才能不粘在毛上，保持身体干净。小不点儿踩了因为喝牛

奶而变得湿漉漉的大便，吓了一跳。我坐在远处，假装什么都不知道，忙着舔自己的身体，从敏感部位到前脚。小不点儿大声喊道：

"左左啊，你怎么回事！再坚持一会儿，我就带你出去散步了！你故意和我对抗吗？"

随你怎么说吧。小不点儿脱掉粘了狗屎的袜子，使劲在我眼前摇晃。袜子在小不点儿手里转了一圈，贴着他的手背。狗屎粘在他手上，袜子掉了。

"啊！"

小不点儿尖叫着跑进了卫生间。不一会儿，小不点儿洗完手出来，拿来了我最讨厌的狗鞋，嘿嘿直笑。那是成年女人买来的鞋子，防止我的脚上粘灰尘。每次出去散步，成年女人都想给我穿上狗鞋。我强烈反对。穿上狗鞋的时候，脚掌很痛，总是走成八字，在其他狗面前很丢脸，连尾巴都抬不起来。只要穿上鞋，我就用嘴撕咬。最后成年女人发现，与其给我穿鞋，还不如帮我洗脚更方便呢。从那之后，狗鞋就不见了踪影。今天它再次出现，纯粹是为了捉弄我。小不点儿说：

"你有不听话的倾向。以后我让你穿鞋，你就要乖乖地抬起脚。让你坐下，你就乖乖坐下。你是我的狗，你有义务听我的话。"

又在哪里听到什么话了……我侧躺着，用后脚挠耳朵。小不点儿坚定地走过来，抓住我的下巴，说道：

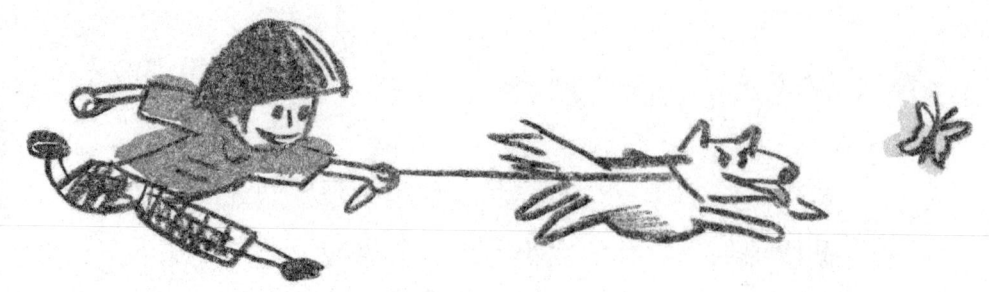

“你在抗议我没准时带你散步，对吧？乖乖地抬起右前爪。”

小不点儿抬起我的前脚，迅速塞进鞋子。我有点儿难过，对散步也不感兴趣了，还不如独自待着呢。我走到阳台，蜷成一团坐下，低垂着脑袋。小不点儿跟在我身后，抓住我的尾巴。

“又要逃跑？你假装难过是吧？你一难过，我就满足你，所以你养成了坏习惯。”

不管了，我把脑袋埋入两只前爪中间，垂下眼睛。

“你想拉屎的时候要给我信号，不能随地大便，知道吗？”

“……”

“好了，好了，我只顾打游戏，没带你散步，对不起。现在你也做了对不起我的事，我们扯平了。快起来吧。”

我张大嘴巴打哈欠，舔了舔前爪。小不点儿凄凉地叹了口气。我从他的叹息中感觉到要哭的气息。

"不能连你也不理我，嗯？我对你有什么高要求吗？只是让你坐起来，有那么难吗？我每天往你的食物里加苹果，还瞒着妈妈倒肉汤，你不可以这样对我。"

小不点儿说得太凄惨，我的心情得到了缓解。"我也算是捍卫了自尊，没事了。"这样想着，我直挺挺地坐了起来。就这样，我正式成为继"手"、"去吗"、"走吧"之后，能听懂"坐下"的狗。

小不点儿在我身上系了狗链，带我出门。我细心地
寻找撒尿的地方。跟着小不点儿的脚步快跑，闻到新的
气味，我会停下来汪汪叫。附近的狗并不经常遇到，所
以我要通过这种方式认识它们。除了以前经常撒尿的地
方，我还开拓了新的场所。然后呢，我的心情变得轻
松，又跑了起来。戴着链子和小不点儿一起跑步，感觉
彼此的呼吸声都有些相似了。渐渐地，小不点儿和我的
心脏以同样的节奏搏动了，嘿嘿。

谁在训练谁

今天本来是休息日。也许你会说，狗每天都休息，哪有什么休息日之说啊。这是因为你对狗不够了解。狗的休息日是下雨天。下雨的时候，狗和大多数动物一样停止活动，等待雨停。可是小不点儿一大早就把我叫醒了，带我训练。这都是因为独角仙。

小不点儿说，世界上有两种事物最美丽，一是友情，一是昆虫。小不点儿做蚂蚁工坊，饲养和孵化锹甲虫、独角仙。几天前，独角仙还在蛹里一动不动，晚上九点左右就黏糊糊地钻了出来，在蛹室角落晾干翅膀。翅膀最初是土黄色的，早晨再看就变成黑色了。独角仙

的特技是扭屁股。我对着脚掌汪汪（"动一动吧"）叫，独角仙排便之后，抖了抖翅膀和屁股，猛地飞了起来，发出"嗡嗡"声。我大吃一惊，仰倒在地。见此情景，小不点儿说，连狗都能打败，我应该训练更有力的独角仙。

独角仙训练的第一阶段是走木桩，保持平衡。独角仙好像听懂了似的，走走停停，停停走走，走出了很远。这家伙的确有点儿韧劲。小不点儿突然对我说：

"左左啊，你也是和我一起生活的家人，应该接受和独角仙同样的训练。"

木桩太窄了，四条腿的动物根本无法在上面行走。独角仙有六条腿，可是和我的脚尺寸不同。我出于礼节，试着走了几步，当然滑了下来。我不能在休息日像独角仙那样训练平衡。

第一阶段的平衡训练之后，接下来是第二阶段的爬树。小不点儿拿来了据说开花能带来好运的幸运木，说道：

"独角仙还小，先爬树叶热身，然后再爬树。左左

啊，你做个示范。"

狗大多不会爬树——也许是狗的重心在屁股上的缘故吧。我贴在地上纹丝不动，表示抗议。小不点儿把我拖到桌子上。这个举动太没有狗情味了。

"哎呀，你今天怎么这么叛逆？这是惩罚。"

小不点儿抱起我，把我放在桌子中间。

"如果不想爬树，那就从树上往下跳，练习跳跃。你学学独角仙。这么小，又是第一次，却在幸运树叶上爬得很好。"

我对高处深恶痛绝。如果有人在我临死前问我："如果现在有比死亡更悲伤的事，那是什么？"我会回答："死在高处。"从前住在山上的时候，我也要避开悬崖。桌子上面很高，我感觉有点儿头晕，腿瑟瑟发抖，甚至无力呻吟。小不点儿大概以为我没听懂，轻轻拍了拍我的屁股，终于让我跳下来了。我的脚掌好痛，在地上打滚。腿没断就算万幸了。小不点儿说：

"嗯，不行，这么弱可不行。我得训练你的肌肉。"

小不点儿说要把我的大腿、小腿、踝关节训练得更

结实，还在我背上放了重重的包，然后让我"坐下，起来"。感觉关节都要断了。小不点儿在独角仙身上放了橡皮泥，起先像豌豆粒那么大，然后变成黄豆。独角仙不会"坐下，起来"，只会爬来爬去。这样下去恐怕活不了太久。我想对小不点儿说："让我们安静一会儿吧！"可是不知道是出于无奈，还是因为喘粗气，我说不出话来。

我突然冒出个想法，真正需要训练的不是狗和昆虫，而是小不点儿。这个幼小的生命何罪之有，为什么一出生就要承受如此痛苦？

我悄悄地藏到了沙发底下。小不点儿以为一叫我就会出来，敲着地板呼唤我的名字。我吸了口气，突然跳出去吓唬小不点儿，然后跑到阳台，藏在洗衣机和墙壁间的缝隙里。小不点儿飞快地伸出手来，试图抓住我的尾巴。我已经转到洗衣机后面去了。

"左左啊，那里很脏，你又想洗澡吗？"

正如所有的小孩子都讨厌刷牙，狗也很讨厌洗澡。我在洗衣机后面，把身体蜷缩得更小了，不想被他

发现。

"左左啊，我生气了。我数到三，你要是不出来，我就要教训你了。"

我继续蜷起身体，藏进更深的角落。我想看看外面的情况，于是抬起头，发现小不点儿手拿棍棒，站在洗衣机上看我呢。他要用棍棒把我从缝隙里赶出来。

我钻过岔路，敏捷地冲向卫生间。小不点儿哼哼唧唧地跳下洗衣机，我嗖地藏入马桶后面的小空间。那里非常狭窄，连人头都容纳不下。小不点儿气喘吁吁地在卫生间里看了一圈，回房间了。他又叫了我几声，然后回到卫生间，仔细观察。

"刚才分明是进了卫生间，藏到哪儿了呢？"

我屏住呼吸，聚精会神，连喷嚏也不敢打。不一会儿，我闻到了火腿肠的诱人气味。

"左左啊，吃火腿肠吧，还不肯出来吗？"

我垂涎三尺。为了不发出吞咽口水的声音，我轻轻张开嘴巴。

"控制，控制……食物会毁灭我。"

　　我的腿恨不得立刻冲向火腿肠，好不容易才忍住了。

　　不知过了多久，我睡着了。耳边响起开门关门的声音，还有冲水的声音。左左在哪儿？不知道。会不会出去了？不会吧，饿了就会出来的。我又睡了会儿，在黑暗的寂静中醒来。来到客厅，四处看看有没有吃的。幸好我的碗里放着饲料和一根火腿肠。我悠闲地吃完，在客厅里徘徊，放松身体，促进消化。在卫生间门口的垫子上拉屎撒尿，又藏回马桶后面。

　　"啊……金韩玄，左左又在这儿拉屎了。"

　　电脑少女的声音。

　　"嘿嘿嘿，一大早踩狗屎，运气真好。不过这说明左左在家里，它在哪儿呢？"

　　"不知道，快点儿找出来，使劲打它的屁股，打它

个屁滚尿流。"

等到孩子们上学，成年男人上班，女人出去运动的时候，我才出来。我的碗里没有食物，于是吃了餐桌上的香蕉。捉迷藏游戏真好玩。我叼着香蕉，在洗衣机后面悠闲地消磨时间。等到小不点儿快回来了，我又藏到马桶后面。因为我的大小便，还有我找东西吃的时候会把家里弄乱，小不点儿每天早晨都要挨训。起先小不点儿浑身颤抖，收拾我的大小便，整理房间，好像找不到我绝对不罢休。然而过了几天，见我还不出来，他开始担心了，好像只能通过看到我的大小便得到些许安慰。他后悔不该训练我了。那样子好让人心疼。

最后，我去小不点儿的学校迎接他，冲他摇尾巴，表示原谅他了。我们含泪拥抱。我成功地驯服了小不点儿，让他不再训练我。

也许是训练发挥了作用，独角仙力气更大了。小不点儿带来朋友的独角仙，让它们比试，差点儿没出大事。小小年纪就打架，真不好。

对排泄物的考察

上课前，老师给每位同学发了一个纸杯。

"先在纸杯上写自己的名字，再去接三分之一杯尿。通过对小便的检查，可以发现丝球体肾炎、膀胱炎、肝胆疾病、糖尿病、代谢性酸中毒等等。"

老师读着写在纸上的内容。

"老师，代谢性酸中毒是什么？"

"不知道，自己上网查吧。"

"丝球体肾炎呢？"

"应该是丝球体发炎吧？不要问老师，自己去查。老师知道得多，也只比你们多一点点而已，知道吧？世

界上有那么多的知识和信息……"

这时，同学们纷纷盯住提问题的我。为什么所有的教诲都离不开唠叨……更严重的是，我感觉上课前恐怕尿不出来。

"老师，尿不出来怎么办？"

"一去卫生间就尿出来了。这是习惯性反应。"

老师好像比我更了解我的膀胱。

"万一尿不出来呢。"

"再等会儿，自然会尿出来的。"

我不确定我的膀胱会不会也听老师的话。

"如果还是尿不出来，可以不尿吗？"

同学们都笑了。我不是故意要逗大家笑，不过老师还是很生气。

"你随便吧。如果你身体不好，脸色发黄，疲惫不堪，整天趴着不动，同学们也不跟你玩——如果这些你不在意的话，如果到时候你不埋怨老师的话，嗯……你随便。"

"你随便"，意思是我这么说了，如果因为你的随便，很可能发生不好的事情。这里的"不好的事情"就是"被老师批评，留下打扫卫生，写反省，最后撒尿"。这种事不会因为昨天已经发生过今天就保证不会发生，所以我必须时刻小心。

我往卫生间走去。老师在背后喊道：

"同学们，要在十分钟之内解决。我们班之后轮到隔壁班，他们班同学会拥过去的。"

我站在小便器前等待。也许是太紧张的缘故，过了一会儿还是尿不出来。好不容易要挤出一滴，敏钟在后面唠叨：

"快点儿尿，你后面还有三个人呢。"

想到有三个人都盯着我的生殖器，快要挤出的一滴也憋回去了。镇旭插嘴说：

"要不我们大便怎么样？反正都是排泄物，那边没有人等，到那边舒舒服服地拉去吧。"

敏钟说：

"傻瓜，大便和小便的排泄部位不同，最重要的是，大便不是水。老师要的是液体，液体！"

“傻瓜，这个谁不知道啊？我是开玩笑的，开玩笑！大便的时候自然而然会尿尿，你们不是吗？”

这个以排泄物为主题的玩笑没有得到回应。我想放弃，问问他们可不可以借点儿给我，用来交作业。敏钟对任何事都很认真，撒尿也很卖力，装了满满一杯，都溢出来了。

“哎呀，尿溢出来了。”

“这不算多，要不要往你的杯子里倒点儿？”

天啊！我竟然也有需要敏钟帮忙的时候。我赶紧把杯子递过去，敏钟往我的杯子里倒了很多。为了不被发现，我等了一会儿才交上去。幸好老师没有仔细观察。即使交上去的是大麦茶，恐怕老师也会当成尿液。问题是竟然有人连这种事也告状。

“老师……韩玄借了敏钟的尿。”

敏钟也很不满。

“不是借，是送给他的。”

“是的，不用还，所以不算错误，你是这个意思吗？如果韩玄有什么问题，你还能这么说吗？”

老师经常拿"如果"这个武器威胁我们。"如果"现在不均衡摄取食物，老了会得骨质疏松症；"如果"借钱不按时还，以后会成为信用不良者。如此等等。

"我怎么努力也尿不出来，敏钟尿得多，就分给我了，我们没有恶意。"

"你的意思是，你们做了好事？我再给你一个纸杯，重新接尿。你去饮水机那边喝水，让膀胱鼓起来。"

尿就像空气。此时此刻，我前所未有地感觉到尿的珍贵。上厕所时担心沾到裤子上的尿，课堂上憋得难受的尿，现在却成了我拼命想要的东西。我在饮水机前猛喝凉水，喝到肚子差点儿爆炸，然后直奔厕所。幸好这次顺利尿出来了。

回到家，左左也因为尿的问题而挨了批评。不用问就知道，肯定是吃了奇怪的东西，或者在错误的地方解决问题。妈妈伸出和左左身体差不多大的手掌，打着左左的屁股，大声喊道：

"你怎么这么没出息？昨天训了你那么长时间，还不知道在哪儿撒尿吗？在这里罚站十分钟，听懂了吗？

十分钟。"

妈妈把左左的前腿搭在餐椅上，让它站直身体。左左好像听懂了似的，看了看表，又用哀求的目光看我。可怜的家伙……难道你还不知道吗，我是这个家里最没有力量的人。妈妈一边择豆芽，一边监视左左。

"把屁股收回去！大小便都不会，还敢舒舒服服地撅着屁股。"

妈妈好像是在告诉我和姐姐应该挺直后背，昂首挺胸。神奇的是，左左真的把屁股收了回去！这让我顿时有种同病相怜的感觉。

"妈妈，前腿也是腿，腿。这么站的话，那就该像猴子似的叫胳膊，还能叫腿吗？"

妈妈使劲瞪我。

"金韩玄，谁把左左带回家的？"

"是我。"

"对，是你带回来的，可是谁在收拾左左的尿？"

"妈妈……"

"你觉得这公平吗？"

"不公平。"

"是啊，不公平。惩罚左左的人也不该是妈妈，而是你。妈妈在为谁做这些烦琐的事情？"

妈妈恶狠狠地摘掉豆芽尾巴，说道。人类的尾巴在很久以前就退化了，真是万幸。

"我……"

"你看看妈妈，惩罚左左的时候，妈妈笑了吗？看起来很开心吗？"

不用看也能感觉到妈妈的情绪。

"不，是我错了，我带左左去散步。"

"这还不错，不过要等左左受完惩罚再去。"

十分钟过去了，左左自行停止了罚站。妈妈大声嚷道：

"谁让你下来的？"

如果妈妈停止喊叫，恐怕会因为能量无法消耗而

变胖。

"妈妈，十分钟过了。"

"是吗？算你运气好。"

我穿鞋的时候，妈妈把左左的羊肉零食递给我。

"等一等，带上左左的零食。每跑三百米给点儿，不能让它长肉。"

如果人类要跑三百米才能吃上一块五花肉，恐怕所有的人都变成素食主义者了。幸好左左喜欢跑，所以直到现在还是杂食动物。

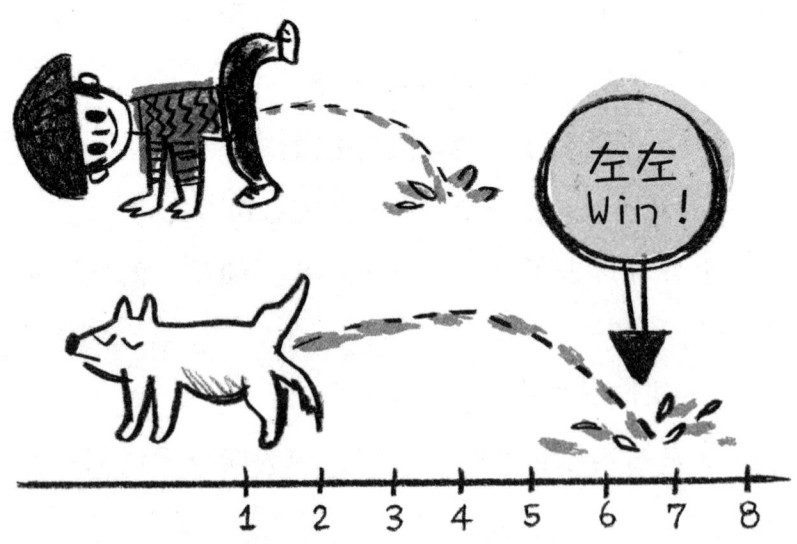

养左左的十个理由

事情从我们全家人吃饭开始。只要全家围聚吃饭，哪怕不是很重要的事，也会你一句我一句争吵不休。偶尔，电视也会提供有用的话题。综艺节目主持人说：

"这是一个有趣的现象。听说狗在心情好的时候朝右摇尾巴，心情不好的时候朝左摇尾巴。"

"真的吗？"

主持人把一只漂亮的约克夏梗带到演播室，让它摇尾巴。这只狗喜欢女人，面对漂亮的女人尾巴朝右摇摆，面对丑女人则朝左摇尾巴。所有的嘉宾都鼓掌，说研究结果具有很高的可信度。

我们全家人的视线理所当然地投向左左。面对突如其来的关注，左左显得非常紧张。僵硬的尾巴一动不动。急性子的爸爸说话了：

"它的尾巴是做装饰的吗？尾巴是用来摇摆的，不能老是翘着。就算杂种狗，也该有情绪啊。"

"翘着尾巴，是不是因为自尊心强？"

听我这么说，姐姐冷笑着说：

"这个嘛，好像不是吧？越是翘尾巴，屁股眼儿显得越大。"

左左看了看大家的脸色，开始摆起尾巴，谢天谢地。姐姐愚蠢地说：

"我们看是右边，对狗来说也是右边吗？"

"是狗在摇尾巴，当然是右边了。"

起先，左左好像是朝右摇尾巴。不，左边，不，右边……有点儿搞不清楚了。如果摆得再准确点儿就好了。爸爸又忍不住责怪左左了：

"你们看它，它是左右摇摆，一会儿心情好，一会儿心情坏，时好时坏？我还是第一次见到精神分裂的狗

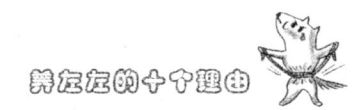

呢。"

"不，左左现在心情不好，还是努力朝左边摇尾巴，所以才会这样。这是一种关怀。"

"天啊，难道左左听懂了电视里的声音？连'过来'都听不懂的狗，能听懂电视里的话？"

妈妈的声音很柔和，像是在帮我说话，内容却是站在爸爸那边：

"那是因为左左散漫，你看它每天都在阳台窗户边徘徊。其他狗只朝右边摇尾巴，左左却晃来晃去，可见它有多么散漫。"

我的自尊心受到了伤害，仿佛自己遭到了戏弄。

"即使左左散漫，那也是因为没有得到爱。如果我们家人都喜欢它，它会变成这个样子吗？我们要鼓励它，它才会表现得更好。你们总是说它不好，它只会越来越笨。"

说到这里，我的眼泪突然止不住了。左左似乎也羞愧难当，在阳台窗户前踱来踱去。它想逃回自己的窝。遗憾的是，这是我们家人认为最滑稽的姿势，大家的嘲

笑也就不可避免了。我们没有帮它开门，只是看着它。左左似乎对自己的尾巴感到愤怒，想咬尾巴，不停地朝右侧转圈。

　　姐姐和爸爸不同，不管多长时间，她都必须等到结果。姐姐抓住左左的尾巴，把它拉到客厅中间："再摇一次尾巴。"左左似乎绝望了，趴在地上看起了电视。姐姐瞪了它一会儿，叹息着回房间去了。

　　"电视把孩子和狗都变成了笨蛋。"

　　那么，爸爸早就不是笨，而是愚不可及了。

　　几天后，我正在吃早饭，每个人都对我格外亲切。爸爸没有批评我，姐姐没有惹我生气，妈妈也没有因为我剩饭而唠叨身高问题。左左没有运动，也吃到了羊肉。爸爸上班前还和左左说再见，让它保重。昨天左左在卫生间门前撒尿，也没有罚站。姐姐并不知道左左是不是喜欢芭比娃娃，竟然把准备扔掉的娃娃塞进了左左的狗屋。不知道昨天左左有没有抱着娃娃睡觉。

　　出门的时候，妈妈帮我提着书包，温柔地叫住了我：

"韩玄啊，妈妈有话对你说。"

我傻傻地以为今天要出去吃昂贵的大餐。

"我们决定把左左送到农村。那个人经营鹿场，一定会把左左养得很好。"

妈妈把画着小鹿蹦跳场景的名片给我看。啊，妈妈竟然趁我不备给我如此沉重的一击，我好愤怒。

"为什么现在才告诉我？"

"如果事先告诉你，你会千方百计阻止我们把左左送走。要不要和左左告别一下？"

以前对左左百般戏弄、责怪和罚站，现在却要把它送走？

"不行，我不要，这不可能。"

"最后的机会，不告别一下吗？左左会伤心的。"

如果左左伤心，那是因为它被赶出家门，而不是因为我拒绝和它告别。

"瞒着儿子决定这么重要的事情，你们都是叛徒。虽然左左是狗，可是毕竟一起生活了这么久，难道还不算我们家的一员吗？"

"我有你爸爸、姐姐和你就足够了。你死心吧，已经签了协议，不可能改变。"

协议？

"最初养左左的时候，你说你会照顾好它，结果都是妈妈在养左左。首先违背协议的是你。如果你违反协议，我们就把左左送走，一开始就是这样说的嘛。妈妈没把它赶走，而是帮它找到新主人，你应该感谢妈妈才对啊。好不容易才找到的。"

"既然这样，为什么要建狗屋？既然建了狗屋，就应该让它住在里面。给了又夺走，怎么可以这样？"

"你说的是装着破被的箱子吗？如果你愿意，可以连箱子也送走。那边也会欢迎。我只是没说而已。你知道最近左左的尿增加了多少吗？二十四卷纸，两周就用完了。二十四卷，两周！这像话吗？"

"怎么能因为撒尿多就赶走呢？卫生纸的钱由我支付，总行了吧。"

"那还不是我的钱？我不知道你和左左是不是制造了美好的回忆，反正只要你们两个人在家，妈妈就要为你们收拾残局。对左左，我觉得我更有权利为它做决定。"

"可，可是……"

"你什么也不用说了，接受吧。"

所谓劝说，就是让对方无话可说吗？我无力反驳，只是呆呆地站着。妈妈像发慈悲似的说道：

"如果你想继续养左左，你必须列出十条理由和今后好好养它的十种方法。那样的话，我还可以考虑一下。"

太过分了。如果让爸爸妈妈写出必须养我的十条理由，恐怕他们也写不出来吧。我夺过名片，逃也似的去上学了。愤怒的泪水模糊了视野。在路口遇到昌熙的时候，我的愤怒几乎达到极点，于是指着天空说出自己愤怒的原因。昌熙点了点头："是啊，被卖出去的狗大部分都用来做狗肉汤了。"我以为他是我的好朋友，至少会安慰我几句，听他这么说，只觉得脑袋昏沉沉的。旭善说："听说鹿场里抽取活鹿的血……"

上课时间到了，可我一直在担心左左，无法专心听

课。在那种地方，恐怕只能吃食物残渣吧，而且盛在没有洗过的脏碗里，冬天蜷在无法挡风的空地上睡觉。与其这样受苦，还不如早点儿老死算了。我绝对不能让左左过这样的生活。

下课后，我躲在卫生间里给鹿场打电话。卫生间垃圾桶里有零食包装，这意味着有人坐在马桶上以超级快的速度吃了零食。信号音响了三声，嗓门很粗的阿姨接了电话：

"谁呀？"

不是"喂"，而是"谁呀"，肯定是具有攻击性的人。

"我是准备今天送给您的狗的真正主人，您不养那条狗可以吗？阿姨不是养着很多鹿吗，可是我只有那条狗啊。"

我故意强调"真正"，然而阿姨似乎不感兴趣。

"不管我养不养，你妈妈已经送来了。很能吃，别

担心了，好好学习吧。"

真是没有骨气的狗！至少也该饿两顿才对啊，不是吗？

"那条狗本来就能吃，求您把它还给我吧。"

"小孩子不要干涉大人的事。你舍不得狗，这种心情我理解，不过你也应该尊重爸爸妈妈的意见。好好学习吧，阿姨会努力把狗养好的，再见。"

大人一旦无话可说，就说好好学习。除了学习，其他都是胡思乱想。这是回避主要问题。我还想再说什么，对方迅速挂断了电话。

嘟……嘟……嘟。

我按着眼眶，挡住泪水，却挡不住夺眶而出的眼泪的力量。

聪明伶俐，讲卫生，善交际，听话，而且……

只要我一叫，这里的主人就把我脖子上的绳子向上拉，让我叫不出来。不过她的厨艺不错，吃剩的食物掺起来给我，很好吃，量也比小不点儿家的多。女主人的眼角和脸颊胖胖的，遮住了眼睛。头发弯弯曲曲，像放了花椰菜。花椰菜露出意味深长的微笑，说道：

"不管怎么叫，只要看到食物，也会变乖的，是吧？"

"狗让出食物等于让出一切"，可见狗经不起食物的诱惑。想起和小不点儿的感情，出于义气，我不能立刻

吃光。可是很长时间没吃到美味的食物了，我又不能放弃。我围着饭碗转来转去，不知所措。女主人问道：

"到底吃还是不吃？快做决定。"

脑子里乱作一团，我情不自禁地发出呻吟，然而我并没有放松警惕。不一会儿，女人夺走饭碗："不想吃就饿着。"好无耻，给别人的东西还要夺回去……放在这里，等你看不见的时候，我说不定就吃了。想法也是可以改变的嘛。我凄凉地叫着，后腿直立，摇摆着前腿。花椰菜心满意足地把饭还给我，说道：

"我们要友好相处。"

天黑了，香喷喷的辣鱼汤味道弥漫开来。无论我怎么努力去想严肃的事情，脑子里还是被鱼头占满了。如果把剩下的鱼头放在我的食物里，我一定会感激不尽。白天布满阳光的大地渐渐失去温度，散发出寒气。越是这种时候，越要用食物温暖肚子，只有这样才能入睡……

正如我期待的那样，鱼头赫然出现在我的饭碗里。这次我毫不犹豫地吃了个精光。如果我像这样只想着

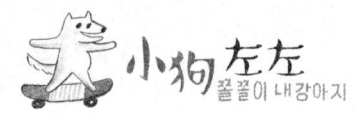

吃，我的生命恐怕只会留下大大的饭碗。想到这里，我不由得难过起来，越发想吃东西了。我趴在地上，看到鸡从面前经过，突然叫一声，把鸡吓跑。渐渐地，这个游戏也变得无聊了。我开始悲伤地小声叫喊。见没有反应，我开始大叫，农场男主人出来警告我：

"安静点儿，我们家谁都不许夜里乱叫。趴下睡觉！"

我绝对不会趴下，相反，我要让他们知道，只要我愿意，随时都可以叫。农场男主人生气了，寻找打我的工具，最后却空手而来，使劲拽我脖子上的绳子。我的脖子被勒得很紧，叫不出来，只能悲伤地呜咽。男人挎着胳膊，得意地看了看我，松开了绳子。

　　第二天，我被"喔喔"的声音吵醒。鸡胆子小，看见太阳就开心地叫。凌晨的鸡叫意味着"太阳先生，天太黑了，我快吓死了"。这种动物和勇敢的我无法相提并论。兔子每天不停地吃草，用几乎看不见的嘴巴咔嚓咔嚓地咀嚼，那样子真是可爱。偶尔，正在吃的食物找不到了，它们急得团团转。这种动物的视野太窄了。只有被我的声音吓得僵住的时候，它们才会停止吃东西。还有一只黑色花纹的猫，属于自由动物，到处游荡，饿了才回家。刚才它像打招呼似的蹑手蹑脚地朝我走来，伸出前爪，挠了下我的脸就逃跑了。这个狡猾的家伙。说是鹿场，我还一次也没看到鹿。总而言之，这个地方没有可以和我做朋友的动物。

　　吃完早饭，我不知不觉睡着了，感觉小不点儿的气息从远处飘来。不一会儿，一辆自行车停在家门前，坐在自行车上面的果然是小不点儿。

　　"左左啊……"

　　"汪汪！"

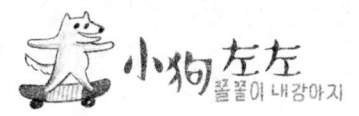

　　小不点儿的"左左"声中融入了某种令人愉悦的东西。小不点儿冲我眨了眨眼睛，然后去找女主人。花椰菜正在寻找被鸡藏起来的鸡蛋。小不点儿说：

　　"左左已经变成乞丐了，不是吗？没有狗屋，毛上粘了污垢。你看它的脸！天啊，才几天时间，脸就瘦了一半。"

　　"好像更胖了啊……我觉得不需要狗屋，所以没做。"

　　"没有狗屋，怎么睡觉？"

　　花椰菜回过神来，冷笑着说：

　　"狗嘛，随便拴在什么地方都行。至于雪天或者下雨天，可以在房檐下面避一避……"

　　这么说，你也完全可以生活在洞窟里。

　　小不点儿的语气带着挑衅意味，继续问道：

　　"院子里没有干净的地方，它在哪里吃饭？至少要在干净的地方吃饭才行啊。如果发生食物中毒，你又不会送它去医院。"

　　花椰菜似乎想打小不点儿，却又努力不失理智，一

字一顿地回答说：

"在卫生间或者仓库边上吃就行。"

小不点儿做出呕吐的架势。

"我们左左要闻着大便味吃饭？阿姨，表面看起来它是随随便便长大的，其实我们养得很娇贵，不能在那种地方吃饭。"

花椰菜涨红了脸，嘴唇颤抖。小不点儿接着说道：

"你看，左左的大便还在旁边放着呢。大便自然会招来虫子和苍蝇，纠缠左左，左左无法承受这样的压力。"

花椰菜似乎听够了反复的大便话题。

"杂种狗和大便生活在一起，怎么了？如果你不马上离开，我就给你妈妈打电话。"

小不点儿改变策略，开始说好话：

"那请您至少解开狗链，还左左自由。左左从小自由自在地长大，会感觉憋闷的。"

农场女人说这个要求倒是可以满足，于是解开绳索。绳索解开了，我围着小不点儿转来转去，不停地摇

尾巴，以朝右为主。然后我按照小不点儿的期待行动。先打滚把身体弄脏，然后从院子这头跑到那头。我在院子里横冲直撞，胆小的鸡们吓得四处逃窜。一只还算有力气的公鸡喔喔直叫，维护自尊，最后却以向其他母鸡泄愤告终。两眼冒光等着要食物的兔子吓坏了，跌跌撞撞地聚在一起。我正好憋着便便，于是就进了家门。我在最先看到的卫生间地垫上排便，还没忘了叼着地垫在家里四处游荡。小不点儿心满意足地注视着我的一举一动。面对瞬间发生的事件，农场女人连声尖叫，说只要能阻止这个混账，她愿意连同饭碗一起送给小不点儿。

小不点儿紧紧抱住脏得不成样子的我，小声说道：

"我们绝对不会分开，我会保护你。"

这句话像三流小狗的胡言乱语那样幼稚，但我还是很感动。我忽闪着眼睛，注视着小不点儿。我也绝对不会背叛你的。走出院子，我们分明都是胜利者。小不点儿骑着自行车，走在乡村路上，不停地回头看我有没有跟上来。

小不点儿抱着我，偷偷回到家里，把我放进阳台的

箱子里，让我一动不动，像不在家一样。我仔细想了想
"像不在家一样"是什么意思，然后尽可能闭紧嘴巴，
努力不发出任何气味。小不点儿在客厅里吃了三根美味
的火腿肠，看也没看我一眼。小不点儿救我脱离危险以
后，我们之间炽热而纯粹的友情似乎彻底冷却了。看到
我不停地流口水，小不点儿终于给了我一根。

"本来都是我的，作为你回来的纪念，给你一根
吧。"

小不点儿弄碎火腿肠，连同饲料巧妙地搅拌在一
起。为了尝到火腿肠的味道，我必须灵巧地舔食饲料。

成年男人到阳台抽烟，抽着鼻子闻味，然后把头探
到我的窝里。果然不该散发出气味……成年男人的面部
肌肉剧烈抽搐，大声喊道：

"金韩玄，是你干的吧！"

全家人都拥过来看我。我把注意力集中于尾部，努
力朝右摇摆。成年女人笑了起来：

"老公，别管了，左左就想在我们家，没办法，你
看它的尾巴不停地朝右摆呢。"

小不点儿大声说：

"你们看，虽然爸爸妈妈把左左赶走了，可是左左很快就原谅了你们，还摇尾巴。左左差点儿就饿死了，我好不容易才把它救回来。那里的阿姨说从没见过像左左这么聪明伶俐，讲卫生，善交际，又听话的狗，不肯还给我。左左一直不吃东西，我才把它带回来。"

成年男人默默地看了看我和小不点儿，忘了抽烟，直接回房间去了。小不点儿说：

"妈妈您看到了吧？这样对爸爸戒烟也有帮助。"

究竟是谁带谁散步？

　　这周要准备运动会，每天都上早操。啊，好热，腰疼，我们只能一动不动地立正站好。校长是个有趣的人。大概看到我们就高兴吧，他不停地笑。校长开始讲话：

　　"稍息……那边，别动！听讲话的时候摇摆身体，意味着没有认真听。只有忍住不动的人才能认真听讲。"

　　我想看看其他同学有没有做出稍息的姿势，可是脑袋转来转去恐怕不行。我就只转眼珠。每天都因为不守纪律而受批评的建宇也只是轻轻地跷跷脚跟。我为郑燮担心，他最受不了立正了。听说是什么病，好像叫注意力散漫症。其他同学只要努力不动就能做到，他怎么努力都不行。最后，郑燮被校长叫到前面去了，幸好旁边的老师说"这孩子是互助班的学生"，这才没被批评。只是离麦克风太近，全校学生都听到了。现在全校学生都知道郑燮在接受帮助。

回家的时候，我像被烈日晒枯的杂草那样瘫软无力。左左在阳台上迎接我，我也没理会，只顾躺在沙发上看电视。妈妈似乎觉得我在准备晚饭的时候独自休息不妥当，说道：

"韩玄啊，不要躺着，趁妈妈准备晚饭的时候带左左散步去吧。左左紧贴在阳台窗户上，像不像章鱼？它想去散步，盯着你看呢。"

"啊，我不想去，好累呀。整整一天都没有休息时间。"

这一天的确做了太多事。一上学就做昨天的作业，听课，踢足球，打扫卫生，然后去课外辅导班，我都没力气挨个说完了。对了，还要整理房间。妈妈威胁我说，如果不打扫房间，就不给我买独角仙吃的果冻。仅

有的休息时间就是爸爸和姐姐在卫生间拉双号的时候
（这是我们之间的暗语，单号指小便，双号指大便，拼
盘套餐指大小便一起。不过几乎所有的双号都有可能是
拼盘套餐）。这时我可以看我想看的电视节目，也可以
玩电脑，当然不会有人让我干活儿。

　　每个人似乎都有雷达网，当我想要独处的时候，就
悄悄跑过来妨碍我。有时左左都成为我的负担，那就是
散步的时候。看见我发牢骚，妈妈说：

　　"最初决定养左左的时候，你是怎么说的？你说每
年要带它散步365次。现在你却拒绝出去散步？前几天
你说考试，再往前面你说下雨，如果换成是我，有编理
由的时间，已经带左左去散步了。"

　　"如果是妈妈，已经带左左去散步了？对，有时间
对我发牢骚，还不如带左左散步去呢。"

　　妈妈变得异常严肃。

　　"对不起，明天我带它散步两次。我说的是365
次，没有说365天。"

　　妈妈喊了起来：

"左左是你的狗，难道是我的吗？你看它像章鱼似的贴在阳台窗户上，不觉得可怜吗？动物不经常活动身体，腋窝下面会出汗的。"

哎呀，什么腋窝出汗，妈妈的话缺少说服力，只好胡乱加了些废话。我回答说：

"不是因为没出去散步，而是因为吃不到好吃的东西。如果是我，我会给左左吃美味的肉。"

妈妈凶巴巴地朝我走来，好像要把左左拖走的样子。我从沙发上忽地站起来，只拿了羊肉，带着左左出门了。

电梯门刚刚在一层敞开，左左一阵风似的往外跑去。我不想跑，于是放开绳子。左左跑了一会儿又回来，在我的衣服上蹭它粘了泥土的爪子，好像是故意的。像这种程度的容忍，我还是有雅量做到。我坐在游乐场的椅子上说：

"左左，我在这里坐着，你在游乐场里转五圈再回来，慢慢地转。"

左左似乎不满意，一直盯着我。"我让你跑五圈！"

大喊也没有用。"是的，左左还小……"我暗自忍耐，它却不停地纠缠我。如果现在不教训，以后长大了还会是这个样子。我把狗链使劲向上拉，行使主人的权利。左左咳嗽了几声，安静下来。

"对不起，可是我让你自己去散步，听懂了吗?"

我用前不久换的手机玩新游戏。左左跑到游乐场尽头，然后回来，夺过我的手机逃跑了。

这家伙，竟然以这种方式泄愤。

左左流着口水，紧紧咬住我的手机。屏幕会被咬碎的。以后再教训它，先哄着它，拿回手机。左左假装乖乖地放下手机，却绕到后面，得意地逃跑了。

"喂，你这个笨蛋!我是为了让你高兴才带你出来散步，你连这都不知道吗?等我抓到你，你就死定了。"

我全力以赴地跑，可是每当快要抓住左左尾巴的时候，它就跑得更快。不知不觉间，我们已经跑过后山入口，爬上了五十多节的木头台阶。我喘着粗气，爬到台阶顶端的时候，左左正把我的手机往地里埋。

"要是弄碎了，你知道要赔多少违约金吗?"

左左怎么会知道钱呢？不过谢天谢地，至少手机不会再逃跑了。左左埋好手机，竟然在那个位置撒尿，仿佛手机已经属于它了。

"你这个混蛋，这回我无法原谅你了。"

我冲向手机。它尿过的地方，我不能用手挖，只好用脚踢土。马上就要碰到手机的瞬间，左左敏捷地夺了过去。

我简直要气疯了，还是努力平静心情，从口袋里拿出羊肉。左左兴致勃勃地奔跑，闻到气味立刻停下来，转头看我。我晃了晃羊肉，左左放下手机，风风火火地往回跑。即将跑到我跟前的时候，我把羊肉使劲扔到后面，然后朝手机跑去。手机上有几道牙印，屏幕上也出现了几道裂纹。除此之外，总算是安然无恙了，如果这也算无恙的话。

左左津津有味地吃完羊肉，跑过来找我要。我真想揍它啊，可是又不能。它那个样子实在讨厌。我把羊肉举过头顶，尽可能地扔向远方。左左朝羊肉跑去。当羊肉在视野中消失的时候，它用怨恨的目光看我，围着我

转来转去，不停地闻味，好像在说："其实你没扔，藏在某个地方了，是吧？"

我只好走到远处找羊肉。找回羊肉，我已经筋疲力尽，躺下就闭上了眼睛。

不一会儿，奇怪的事情发生了。风吹树叶的声音，鸟在树上窃窃私语的声音，还有不知名的昆虫的鸣叫声。没想到山上有这么多声音……仿佛山在呼吸。吃完羊肉的左左也开心起来，舔起了我的脸颊。

回到家里，我忍不住想：

"究竟是谁带谁散步……"

确定的是，我的腿瘸了，因为疲惫。

绝食耍赖？绝食斗争！

　　这家人最近说是为了我好，不给我好吃的食物。说什么小狗只需要饲料，于是只给我饲料。这几天我展开了"拒绝饲料运动"，小不点儿偷偷给我牛奶，却被成年女人发现了，连我也被打了头。小不点儿倒是没事，我的头被塞进了牛奶。

　　"你在学校又没喝牛奶。狗的乳糖分解酵素很少，不能喂牛奶。要是腹泻，拉死了怎么办？"

　　根本就没给那么多，没到吃完就腹泻的程度，打人太过分了。小不点儿说：

　　"小狗也要吃奶啊，狗奶不是奶吗？"

成年女人惊讶地说："是啊……"耸了耸肩膀。如果涉及生命，的确应该了解清楚再说话。

"现在可以给牛奶了吧？"

小不点儿问道。我急不可待地吃了起来。尽管这么说有些不合适，不过和妈妈的奶相比，牛奶更美味。

"等一下，狗奶里的乳糖应该已经分解了，剩下的你喝吧。"

"我喝牛奶也会腹泻。"

"人腹泻不会死。为了像敏钟那么高，必须喝牛奶。"

反正就是这样，我只吃到了饲料。人类的食物太咸，刺激性强；牛奶不容易消化；鱼有刺，肉有骨头，容易刺破肠胃；零食含脂肪太多。除了这些，能吃的也只有饲料了。怎么不让成年男人戒烟戒酒，让电脑少女戒掉电脑啊，总比每顿只吃米饭容易。成年男人说：

"人都很难吃到的有机饲料，竟然喂狗，这世道……"

人都很难吃到的东西，吃起来真是索然无味，连蟑

螂都会吓一跳。人很难吃到不是因为贵，而是因为不好吃。我直接开始绝食了。过了一会儿，成年女人拿走了我的饲料。我还以为她是重情重义的人，看来是错觉。后来也是一样。成年女人嘲笑我，说我不是"绝食斗争"，而是"绝食要赖"。饿死和病死没什么区别，随你便吧。为什么每次谈话都以我的死亡告终……最后的结果是，只要有饲料，我就吃一点儿，保证不会饿死。成年男人说我终于听话了，表示满意。

现在好吃的食物只有羊肉了，还要五次接住小不点儿抛出的球才能吃上一口。光滑的球有点儿大，我叼起来有困难，不过还是竭尽全力。有时候，小不点儿把羊肉凑到我鼻子前，让我闻味之后，再让我跑五次。这种时候我会喘不过气来，只能一边深呼吸，一边吃肉。活得这么辛苦，看来小不点儿家人说"这条狗运气真好"肯定有阴谋。

我要改变策略。凌晨醒来，先找出小不点儿藏起的火腿肠和椅子上的香蕉。有成年男人的呼噜声做掩护，我不会被人发现。有一次，我还找到了电脑少女吃剩的

鱼片，还吃到过装在袋子里的花生米。味道很好，只是
难消化，整整一天拉的都是花生屎。电脑少女看到后很
吃惊。她说，看到这么恶心的大便，以后再也不吃花生
了。还可恶地说我偷吃了她的鱼片，嘴里散发出鱼
腥味。

偷吃带给我很多好处，让我得以继续做绝食斗争。
家人们用怀疑的目光瞪我，而我只是装出一副有气无力
的样子。小不点儿担忧地说：

"左左爱吃什么就给它什么吧。它总是无精打采，
垂头丧气。"

成年男人说道：

"如果左左死了，最悲伤的人肯定不是爸爸妈妈。
我们这样做是为了谁啊？"

"嗯……为了我……"

"是啊。如果经常给狗吃人的食物，大便会有异
味，很难清除。不过，当初说好了，谁清理狗屎来着？"

"应该……是我吧……"

"所以说，改变左左的饮食习惯，归根结底是为你

133

好。当然对左左也是好事。如果你觉得不合适，那就把它送到自由的世界……"

我有后台依靠，并不害怕这句话。那天夜里，我又小心翼翼地起来，在家里徘徊。客厅里弥漫着好闻的味道，简直可以开派对了。小不点儿留下的一袋袋零食，成年女人堆起来的食物残渣……尤其是炸鱼的外皮，真是太好吃了。第二天也给了我有机饲料，可是我不想玷污吃过鱼皮的舌头，于是原封不动地剩在那里。

那个问题之夜也很平凡地度过了。成年男人在沙发上看电视，电脑少女在玩电脑，成年女人在厨房做饭。小不点儿游走在这三个地方，轮流听他们的唠叨。

十一点到了，他们就像我预料的那样，分别回自己的房间睡觉。钟表是最有力的物品，能让人有规律地活动。人的大脑好像有20%被机器人占据，设置了按时间活动的程序。70%用于闲谈或静坐。只有10%正常运转，用来给我喂食、按遥控器、开电脑和写日记。狗的大脑则有80%以上用于觅食，因此感官非常发达。凌晨自动睁眼也与这种能力有关。直觉告诉我，今天会发现绝美的食物。放在客厅里的食物，不论形状还是颜色都是我非常喜欢的。

"是火腿肠，火腿肠，火腿肠！"

我在心里呼喊着幸福的词语，找出了火腿肠。啊——这幸福的味道！你怎么会如此完美？我吃了一口，火腿肠的香味立刻让我恍惚起来。我兴高采烈地咀嚼、吞咽。突然，好像有什么东西堵住了喉咙。

"咳咳！咳咳！"

火辣辣的东西沿着喉咙滑下去，舌头像着了火。血液倒流，我猛地一惊，身上冒出冷汗。

"啊呜！啊呜——"

我把舌头在冰凉的地板上蹭来蹭去，想让它凉下来。真是的，奇怪的火腿肠……味道怪怪的。我猜可能是自己运气不好，于是又接连吃了两根。这次迎接我的是更加剧烈的疼痛。

"咳咳，咳咳！"

这，这，这究竟是怎么回事？难道这就是传说中的辣椒？怎么饿都不能吃的辣椒？听说吃了辣椒，全身都

会流汗，神情恍惚，舌头和喉咙热乎乎的，再也尝不到食物的味道。我在冰冷的地板上使劲蹭舌头，像狼一样吼叫。身体发热，我忍不住四处乱跳。这时，灯亮了。全家人一齐来到客厅。我这才想起来，今天没有听到呼噜声。尽管家里变得很乱，成年女人也没发牢骚。难道这是陷阱？

成年男人眉开眼笑地看着我。这样笑的时候，鼻毛都要弹出来了。

"你以为我们不知道你每天夜里做了什么吗？我们只是装糊涂罢了。让你自己改掉坏习惯。越南辣椒很小，看不出来，不过很辣。"

成年女人给我端来凉水。我急匆匆地用凉水冷却舌头。越南辣椒？火腿肠的改版啊。小不点儿说：

"左左啊，只是为了让你改掉坏习惯，放了一点点辣椒，不用害怕。"

小不点儿，连你也……我感觉自己变成了充满阴谋、背叛和逆转的电视剧主人公。如果说盐

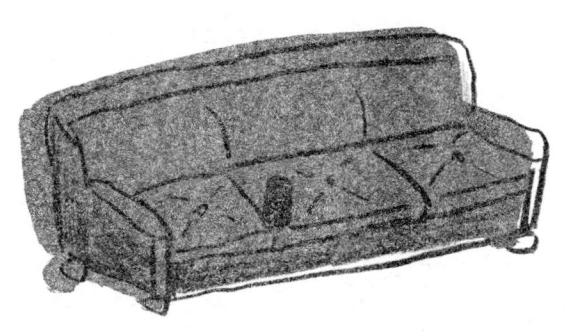

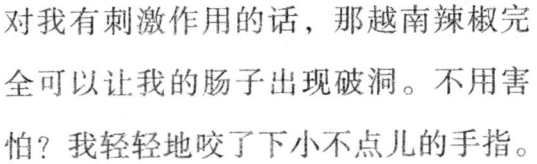

对我有刺激作用的话，那越南辣椒完全可以让我的肠子出现破洞。不用害怕？我轻轻地咬了下小不点儿的手指。

"爸爸，看来左左真的很生气，它竟然咬我的手指！"

"不是生气，而是因为舌头痛。妈妈生你们的时候，也疼得直咬牙。"

成年男人说道。成年女人补充说：

"因为咬牙可以用力。"

我知道现在是深夜，应该控制自己，可我还是忍不住发出有攻击性的吠叫。我是狗，生气的时候就该叫喊。今天不管我怎么叫，都没有人训我。因为除了我，每个人都很开心。

遭雷劈的概率

最近总是一会儿下雨一会儿转晴，湿度升高，不快指数也随之升高。像这种适合打架的日子里，我们在多功能厅开早会。如果不是天气闷热，我倒是不讨厌早会。有人获奖就鼓掌，还可以溜号。大家都因为很高的不快指数和压力而魂不守舍，谁都不知道会发生什么事。校长走上讲台了，同学们谁都没有停止说话。

"各位同学，不用动，稍微忍一忍。校长也和大家一样，又热又累。"

校长当然也难受了。可是想来想去，我还是觉得讲台那边会凉快得多。讲台下面有一千两百人吐着热气，相当于在热天开暖气。老师说，天气热的时候，人为了降低体温而吐出更多的热气。敏钟也说这句话有道理，看来的确是对的。也就是说，我们比校长更热，更拥挤，需要忍耐更多。校长身后又没有像建宇那样的捣蛋鬼，多么有利啊……校长大声说道：

"人听不懂人话，就说明他是动物。人和动物的不同之处是什么？人要学会忍耐。"

"人也是动物。"

我回答道。幸好周围很吵，连我都听不见自己的声音。想说什么可以尽情地说，这是吵闹的好处。我们不理会校长讲话，继续吵吵嚷嚷。这时，体育老师恶狠狠地说：

"立正！稍息！立正！"

周围稍稍安静下来，建宇戳了戳我的屁股。我咬紧牙关忍住，艰难地说：

"不要这样，你这个二货！"

"嘻嘻，不是的，我是站在二货后面的人。"

我恐怕对付不了这个二货。也许是因为无聊而扭曲

身体的缘故吧，建宇试图摘掉我的帽子。我伸手按着头，保护帽子。这回建宇开始拉我的衣服。他拉得很用力，差点儿让我露出乳头。我用另一只手保护衬衫。现在，我没有多余的手保护自己，也没有精力和耐性了。

校长给上台领奖的同学们颁发奖状。颁发奖状的时候，校长温和地笑着，拍打同学们的后背，或者握手。

我鼓掌，然后迅速保护自己的帽子和衬衫。建宇把手插进我的两侧腋窝，胳肢我。起先我忍着没笑，当他的手碰到我的肋骨时，我终于爆发了。

"啊哈哈哈，哈……哈……住手！啊哈哈！"

我捂住嘴巴，结果四仰八叉，摔倒在地。

咣！当！咣！当！

原本静悄悄的多功能厅轰隆作响，我后面的建宇倒了，旭善、敏钟、基正，最后连盛冠也尖叫着摔倒了。像功夫熊猫一样魁梧的盛冠骂骂咧咧，发泄着不满。站着的同学纷纷用鄙夷的目光看着我们。本来温和微笑的校长也毫不客气地喊道：

"谁呀？发出声音的人都站出来！"

盛冠握起拳头瞪着我。

"仅寒暄，你等着！"

"仅寒暄"是盛冠欺负我时给我取的外号，没什么特别的意思，就是名字的谐音。我不甘心独自受罚，于是指了指建宇。建宇抬起下巴，摆出"看什么看"的架势。

我们三个人并排站在讲台上。那里的确更凉快，也更安全。我看着天花板，躲避盛冠的视线。很多灯凌乱地发射着光芒，我的眼泪好像都要流出来了。

不一会儿，校长又叫上来一个人，也是我们班的。早会结束的时候，校长指着我们说：

"各位同学，这几名同学运气不好，被发现了。除了倒霉，他们和你们差不多。希望大家培养自己的耐力，即使有苍蝇飞过，也不眨眼。"

早会结束了。同学们各回各班，老师看也没看我们，径直走过去了。正当我们不知所措的时候，校长走过来说：

"六年级了，应该做出表率才行啊。你们让弟弟妹妹们怎么向你们学习？以后一定会好好表现吧？回去吧。"

如果看到我们被原谅的场面，老师会消气吗？我们追上去，老师停下脚步，瞪着我们。离开多功能厅的时候瞪我们，从一楼上二楼的时候转头瞪我们，进教室的时候又瞪我们。

建宇一进教室就默默地举手罚站。真识时务……我也出来举起了手。盛冠不以为然地看着我们。老师说：

"都把手放下！举手有什么用？又不知道反省。现在你们看着像反省，五分钟之后就能看出来你们根本没有反省。既然那么快就忘记，还罚站干什么？"

"不会因为反正都要忘记而不批评，省略保证书吧。"

回到座位，我们唯一能做的就是尽可能坐得端正。

"都闭上眼睛。"

闭上眼睛，教室里满是老师的叹息。我很紧张，每次心跳的时候，都感觉身体在摇晃。

"老师没教好你们吗？是我没教好，你们才这样的吧？"

大家都说"不是"，只有敏钟仍然恶作剧地回答："是的！"我们同时去看敏钟。我以为老师至少会批评我们五分钟左右，没想到老师立刻露出悲伤的表情，用数学书挡住脸。

"谁睁眼睛了，我让你们都把眼睛闭上。"

老师嗓音沙哑地说：

"1200人中有4个人被叫出来，竟然都是我们班的。从1200人中挑选4人，这4个人都是我们班的，我们来计算一下概率。全校共有50个班，1/50乘以1/50乘以1/50乘以1/50，这个概率接近遭雷劈和中大奖的概率。"

老师情绪激动，声音越来越大。

"今天下雨了，按照这个概率，我们在外面已经遭雷劈了。"

有人说：

"可以去买彩票。"

我想笑，盛冠阻止了我们。

"喂！你在开玩笑吗？现在气氛很严肃的。"

"是啊，你这个傻瓜，老师刚才说下雨了，所以不是中大奖，而是遭雷劈。"

同学们开始讨论彩票和雷劈的话题。大家都睁大了眼睛。

"安静！以后大家都好好表现，至少早会时间要站直。要是出去发生了这种事，即使在教室里表现得再好也没用。"

老师也和想得到表扬的学生一样。这种时候最好保持安静，谁知敏钟又说话了。

"公开课上，老师们都表扬我们了。"

"那是为了鼓励你们才那么说的，现在是提醒大家注意的时候。我想你们肯定听懂老师的话了，今天就说到这里吧。你们四个写保证书，回去后让家长签字。"

"是——"

两名同学不顾我的意见，做出肯定的回答，我也说了"是——"。盛冠没有忘记瞪我们。

那天傍晚，在家里……

"妈妈，早会时间我跟同学闹着玩，结果写了保证书。请您签字。"

妈妈读了我的保证书，问道：

"你作业写完了吗？"

"没有。"

"给我看保证书，却连该做的事都没做？妈妈现在很想打你，你看出来了吗？要不要打一万元的？"

妈妈说，打孩子是世界上最痛苦的事情，所以每小时要收十万元。对我来说，挨打也是最痛苦的事，所以我要申请保险金。不过，只要打上一万元的，我们都能乖乖听话，所以妈妈并没有真正赚过钱。我急急忙忙地回房间学习去了。偶尔，学习会成为最好的避难所。

生日派对

这次生日派对，我准备只邀请六个人。列入邀请名单的男生有昌熙、旭善和基正。昌熙是我最好的朋友，一起骑滑板车，一起滑冰，一起玩转盘，一起骑自行车。我喜欢昌熙，一年想和他玩365次。女生我打算邀请睿芝，另外一个随便是谁，只要和睿芝关系好就行了。最后还要邀请敏钟。这是妈妈的指示。妈妈希望我向敏钟学习。

生日那天的早晨，姐姐拍打我的膝盖，把我叫醒。

"嘿，起床了，这是生日面包。"

姐姐抓住我的脸颊摇晃，伸手拍打我的额头，然后

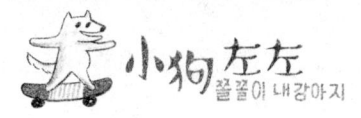

笑嘻嘻地躲进了卫生间。来到客厅一看，妈妈已经准备好了早饭，海带汤和炒杂菜。

"我的韩玄，生日快乐，祝你健康茁壮成长！"

妈妈紧紧拥抱着我，然后送给我蛇板做礼物。蛇板不是价值十五万元的国产品牌，而是五万元的中国品牌。妈妈安慰我说，性能方面没差别。最近石油和面粉价格上升，妈妈的节约精神与日俱增。妈妈说，不但要勒紧裤腰带，还要勒紧脖子。妈妈这么说是因为我浪费热水，喜欢不打折的衣服。从那之后，我总是觉得我们家很穷。我真心对妈妈说谢谢，拥抱了妈妈。姐姐送给我一本数学习题集。

"不久你就要成为中学生了，祝你圆满结束小学生活。如果里面有不会的题，可以问我。"

姐姐每年都送我各种练习册。这不是礼物，而是在给我制造麻烦。我做练习册的时候，她总是随便发表意见，批评我。最后我看了看爸爸，目光有点儿不自然。爸爸说：

"这是姐姐特别为你挑选的，你应该心怀感激地打

开。姐姐数学很厉害的。"

"爸爸没有礼物给我吗?"

"送什么礼物!你应该感谢我生了你,送给我礼物才对!"

"爸爸过生日的时候,也没送爷爷奶奶礼物啊。"

"爸爸给了爷爷奶奶零花钱,再说爸爸也没得到礼物。"

我觉得自己吃了亏,坐下来喝起了海带汤。

放学了,我带着朋友们回家。左左到学校门口接我。它好像也知道今天是我的生日,乖乖地背起了我的书包。

妈妈在黑曲奇卡门贝尔芝士蛋糕上插了蜡烛。蜡烛点燃,朋友们为我唱生日歌。他们唱得很尴尬,连我都红了脸。我想快点儿吹灭蜡烛,妈妈却阻止了我,小声对我说:

"吹蜡烛之前要许愿的。"

我感觉很丢脸,像妈妈在同学面前叫我"我的王子"。

"妈妈，拜托……我自己知道该怎么做。"

妈妈笑着说："我怕你忘了。"妈妈不知道，她的笑容让我更难为情。

为了快点儿吃东西，朋友们飞快地把礼物扔给我。睿芝带来了好朋友秀彬，她送给我的是带花纹包装的礼物，很重。我充满期待，小心翼翼地拆开来看，竟然是石头。如果非要命名的话，应该叫花斑石吧？秀彬说，那是她亲自在河边找到的特别的石头，还在石头上乱七八糟地画了很多黄色和红色的花。我努力让自己显得愉快，其实睿芝都掩饰不住自己的失望之情。秀彬眨了眨眼睛说：

"我的礼物里包含着我的真心，你满意吗?"

她和睿芝是好朋友，我决定忍耐。

"是，是的……这是石头，就算家里着火，也不会烧焦。"

不会烧焦，这更糟糕。睿芝送给左左一盒宠物口香糖，送我一个三层笔筒。睿芝竟然还想到了左左，这让我很感动。我晃了晃宠物口香糖，左左以为我在叫它，

立刻跑到我跟前，放肆地嚼了起来。昌熙送的是下雪的玻璃球，里面盛着水，每次摇晃的时候，闪烁的粉末像雪似的纷纷飘落。美倒是很美，就是有点儿女性化，我不知道自己可不可以喜欢。听说是他妈妈事先买好的，他也没办法。敏钟送的是文化商品购物券。

"如果买了你不需要也不喜欢的东西，对我们彼此都没什么好处。"

从现在的状况来看，这话的确有道理。秀彬说：

"万一家里着火，敏钟的礼物肯定最先燃烧，对吧？"

旭善送的是他喜欢的高达模型套装。基正送给我的是漫画书。他们都是按照自己的兴趣挑选礼物，对我来说没什么用，不过趁机尝试下新事物也未尝不可。

妈妈准备了丰盛的食物，即使我们吃爆肚子也吃不完。男孩子都没怎么争抢，天下太平地吃完了饭。喜欢炒年糕的睿芝说年糕太辣，一边用手扇风，一边不停地吃，额头上冒出很多汗珠，那样子好可爱。我伸手帮她擦掉。睿芝吓了一跳，赶紧躲避。庆幸的是，我们两个

人对这个状况都一笑而过。昌熙大口大口地吃着炒年糕：

"睿芝啊，你觉得辣吗？一点儿也不辣啊。"

朋友们像确认似的，纷纷说不辣。敏钟模仿睿芝，一边扇风，一边气喘吁吁地吃炒年糕，不停地喝水。睿芝说：

"你不要嘲笑我。我吃不了辣的，那是因为我的舌头还像婴儿一样娇弱。你们的舌头又硬又厚，所以才能吃辣的嘛。"

"你的舌头像婴儿一样娇弱？"

昌熙嘲讽着问道。

"对，辣味也是痛感，疼痛的感觉，所以相比你们厚厚的舌头，我这婴儿一样的舌头更疼，不是吗？"

敏钟用干燥如沙漠的嘴巴说：

"是的，辣味是痛感，我也知道。不过呢，感觉器官分布在表面。按照你的说法，胖人挨打也不该疼痛吧。简而言之，我们善于忍耐，而你缺少耐性。"

我不知道敏钟的比喻是否恰当。这种时候，如果我

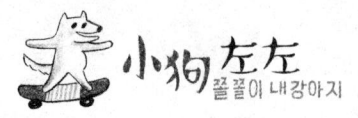

帮睿芝说话，应该会给她留下很好的印象。

"你们炫耀自己能吃辣，多幼稚啊。"

睿芝好像没听见我说话，因为她一直在挑衅敏钟。

"像我这样舌头娇弱，不能吃辣的孩子，英语发音都很好。舌头很软，善于模仿。你的英语发音差得要命，不是吗？"

敏钟面红耳赤。

"What？我的发音怎么了，我妈妈都承认我发音最好。你听，艾普，艾普，波乃呢，波乃呢。"

"哼，不对，你听好了。艾哎普，艾哎普，波乃艾呢呃，波乃艾呢呃。"

敏钟伤了自尊："啊，真是的!"转身就去了卫生间。

"啊，真是什么？不会是哭去了吧？不是说男孩子能忍耐吗？"

看着敏钟和睿芝针尖对麦芒地争吵，我的心情怪怪的。睿芝一边吃，一边不停地往卫生间那边张望。每次都是这样，本来和睿芝玩得好好的，只要敏钟出现，结果就成了这个样子。

小不点儿的生日派对

今天是小不点儿的生日，我去学校接他，很久没有接过他了。等待小不点儿放学的时候，为了标记自己的领域，我在操场各个角落撒尿。操场上的男生们蜂拥奔跑，冲向球的位置。只是踢球就这么卖力，又不是能得到球。如果多几个球就好了，速度慢或者力气小的孩子也能踢到。真是太可惜了。

小不点儿带着小辫女孩和死党，还有各种各样的孩子出来了。经常和小不点儿玩耍的孩子长着火腿肠似的长脑袋，头发从中间向外扩张。火腿肠的脚有股香味，每次见到他，我都忍不住流口水。

我没能立刻跑上去拥抱小不点儿，不过心情很好，围着他转圈。小不点儿说书包太重，总是往我的背上放。书包真的很重，压得我背都弯了，腿也瑟瑟发抖。今天是小不点儿的生日，我决定忍耐。

人类的生日派对豪华而绚烂。家里都快被食物的香味挤爆了。我闻到香味，变得兴奋，四处徘徊。鼻子几乎麻木了。小不点儿清清楚楚地读出了一个很长的蛋糕名字：

"黑曲奇卡门贝尔芝士蛋糕，黑曲奇卡门贝尔芝士蛋糕……"

名字绵长而美好，像甜美香醇的味道。

小辫女孩送给小不点儿的是三层笔筒，看着就很复杂。另一个女孩送了石头。如果上面没画那些奇怪的图案，这也算是很有艺术性的礼物。

小不点儿从炸鸡上剔下肉来，放在我的盘子里。我吃得正香，小辫女孩看了看我，咂着舌头。我感受到了她鄙夷的目光，肉卡住了喉咙。狗吃东西的时候非常敏感。

"咳，咳，咳咳！"

小辫女孩似乎早就料到会是这样的结果。

"喂它鸡肉之类，这会让它的习惯变坏。骨头在胃肠里穿梭，还有可能戳伤肠壁。"

小不点儿连忙收走炸鸡，切了一小块黑曲奇卡门贝尔芝士蛋糕，放在我的盘子里。

"这个也不错！"我把头埋在蛋糕里。小辫女孩还是不满意。

"狗的肠胃很弱，吃奶油会腹泻的。多糖食物还可能引发肥胖或糖尿病，牙齿腐烂的话会有异味。"

小不点儿歉疚而又无奈，连蛋糕也收走了。来别人家玩，怎么总是干涉人家狗的健康？我汪汪叫着，想把小辫女孩赶走。为了安慰我，小不点儿给了我既不含糖和脂肪，也不带骨头的水果。小辫女孩无话可说了，却还是继续多嘴：

"哎哟，你的狗很难长寿了。猕猴桃和橘子之类的水果会把胃溶化。"

如果连香蕉也没有的话，我只能看着别人吃东西，

眼睁睁地饿肚子了。

孩子们吃饱了，开始讨论自己喜欢的狗。送石头的女孩喜欢贵宾犬。这时，偶尔说"What，What"的家伙追问是哪种贵宾犬。石头女孩回答说：

"贵宾犬就是贵宾犬，你问的不会是什么颜色吧？"

"不，贵宾犬有玩具贵宾犬、迷你贵宾犬和标准贵宾犬。按造型分的话，有欧陆型和英国鞍座型。"

小辫女孩来了兴致，说道：

"哇！那我家佐朗是哪种呢？"

"佐朗身材算小的了，属于玩具贵宾犬。只有胸部和腿部上方有毛，虽然不完全，不过近似于欧陆型。"

"那我应该叫佐朗玩具贵宾犬了，还要告诉别人，按照欧陆型饲养。这个名字好像娃娃……"

小辫女孩看上去很幸福。

火腿肠味的男孩说他喜欢英国海军吉祥物斗牛犬。那么笨重而且长相凶恶的家伙都有如此特别的名字，我却只被叫成"杂种狗"。再说，这根本不算名字，只是代表"剩余"或"其他等等"的意思。小辫女孩用很低很低，低到只有我能听见的声音练习了几次，然后说道：

"我喜欢'佩蒂格里芬旺德短腿犬'，感觉像是生活在宫殿里的狗，不是吗？"

小辫女孩似乎在等待这个瞬间。火腿肠男孩说：

"佩蒂？听起来像屁蒂，嘿嘿。"

小不点儿说：

"我喜欢左左。现在吃屎狗也不多见了。"

送机器人的男孩说：

"因为是吃屎狗吗？左左好像听不懂话。"

小辫女孩又生气了。

"什么叫吃屎狗？我最讨厌拿大便取笑别人的人。那个把我的名字卞睿芝叫成'便睿芝'，'睿芝便'的人，我真想扯断他的舌头，扔进派奇卡里。"

火腿肠男孩想知道今后自己的舌头会进入什么地方，问道：

"派奇卡？什么呀？"

"就是壁炉的意思。"

"那你直接说壁炉不就行了吗？"

除了小辫女孩，其他人都连连点头。

"为什么要说壁炉？派奇卡比壁炉好听多了。壁炉也希望别人叫自己派奇卡的。"

话题转换了，小不点儿还是想解除小辫女孩的误会。

"不是蔑视左左，吃屎狗这个名字也很亲切。左左看似不听话，其实是因为自尊心太强了。它有着强烈的好奇心，如果喜欢什么，学得也很快。左左啊，过来。"

"汪汪！"

我冲过去，扑进小不点儿的怀抱。奇妙的幸福感包围着我。

小不点儿说："手！"我就把手递给他，小不点儿说："坐下！"我就坐下。出于自尊心的考虑，我没用双脚站立。不过，小不点儿的朋友们都知道了吃屎狗到底是什么样的狗。

猪和老鼠崽子，还有老师

国语课上，盛冠做拼单词游戏，最后把书撕了。每次有需要专注力的活动，都会发生这样的事情。老师坐在盛冠旁边，平静地说：

"盛冠可以把游戏做完，因为老师会用胶带粘起来。"

老师亲手帮盛冠粘书。盛冠很不耐烦地看着老师。

"您那么忙，别粘了。"

盛冠流露出自暴自弃的神情。老师说了句很精彩的话：

"不要因为你自己放弃，就让老师也放弃。"

　　用单词卡拼成完整的故事，这对我来说也很困难。我心里着急，呆呆地盯着单词卡。敏钟不但学习好，而且爱管闲事，自己的拼完之后，不停地说"从逻辑上来讲，接下来应该是哪句话才合适？你好好想想吧"，对我极尽折磨之能事。我想赶在敏钟拼完之前寻求老师的帮助。当我和老师对视的瞬间，我敏捷地举起手来。老师看了看我，又盯着敏钟看了会儿，大声说道：

　　"敏钟啊，你的做完之后帮帮韩玄。"

　　"是！"

　　敏钟的斗志被使命感点燃，更加努力地多管闲事。

　　盛冠的状态更糟糕，竟然把大长腿放到桌子上了。老师最讨厌同学们上课期间做出奇怪的姿势。"要有礼貌才行啊。如果老师把腿放在椅子上讲课，你们会尊重老师吗？"老师说这话的时候，同时做出把腿放在桌子上的示范，让我们更加难为情。老师对盛冠说：

　　"盛冠啊，好好坐着。"

　　盛冠的反应很尖锐：

　　"老师您过来看看，我的腿伸不进桌子下面。"

他在拿自己的粗腿开玩笑。大家哄堂大笑。盛冠经常用这种方式逗笑大家。我们不是嘲笑他，只是习惯性地笑。今天，盛冠的心情似乎很糟糕。

"别笑！你们觉得好笑吗？我都烦死了。"

了解到盛冠的情况之后，老师红着脸说：

"同学们，这种情况只能在心里笑。"

对老师来说，在心里笑就是礼貌。如果不知道老师这么说是出于好意，也许盛冠会掀翻桌子。

"盛冠啊，大腿要保持血液畅通才行，你把椅子往后推一推，坐得舒服点儿。"

幸好盛冠听了老师的话。

午饭时间，盛冠和我成了共生关系。我每天都剩饭，而盛冠总是不够吃。老师竟然要奖励那些不剩饭的同学。在我看来，奖励好好吃饭和奖励呼吸没什么两样。

今天的午餐是一只鸡腿和菠菜。听说大力水手只要吃了菠菜，力气就会暴长，轻易打败坏人。老师还拿这个漫画当证据，说不吃完菠菜，就等于把肌肉扔进垃圾

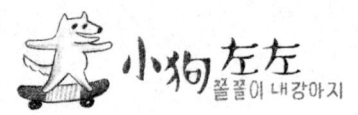

桶。我和盛冠约定，他帮我吃掉菠菜，条件是我把宝贵的鸡腿送给他。我刚把鸡腿给他，盛冠一口就吃光了菠菜。正在这时，老师走了过来。

"你们就这么欺骗老师吗？盛冠吃得像猪一样多，韩玄吃得像老鼠崽子那么少？"

老师用这么恶劣的语言发泄愤怒，自己似乎也很难过，捋了一下刘海儿。

"对不起，'像猪一样'说得有些过分。老师太生气了，没控制住自己。"

"那，那么……老鼠崽子呢？"我在心里想。

盛冠说：

"我们没想欺骗老师。"

"等一等！我正在考虑，这件事该怎么处理……"

我心跳加速，盛冠还在继续啃鸡腿。他看着我的餐盘，皱起了眉头。他的餐盘里什么都没有了，我的还有很多。盛冠甩了甩手，说道：

"老师，我想走了……"

"只要运动，韩玄也可以变成结实的男子汉。盛冠，嗯……"

"是猪，您放心说吧。"

"这句话太过分了，我不是道过歉了吗？我是说，盛冠可以从D字形身材变成什么来着，即便不是S形，也可以差不多。"

"怎么可能？"

盛冠笑了。他大概觉得不可能。

"当然要运动了。老师苗条也是因为努力运动，同时坚持调节卡路里。所以才能穿这么漂亮的衣服……"

听了老师的话，我忍不住在心里偷笑，而盛冠却笑出了声。

"五点半到学校旁边的公园，带上跳绳做运动。除了周末，每天都要这样做。"

比起重要的问题，我更关注细节。

"周末为什么不运动？老师又没有男朋友。"

"没有男朋友，就不能有私生活吗？难道老师要一辈子单身？"

我开始认真吃饭了。询问细节肯定会产生副作用，

这种时候转移注意力是最好的办法。老师刚刚转身，愤怒的盛冠就用拳头捶打墙壁。幸好学校刚建成不久。盛冠说：

"等着瞧吧，我一定要和老师对着干。"

说完，盛冠使劲嚼起了巧克力棒。女生们跑到老师面前告状去了。如果不是盛冠，老师肯定会大声呵斥。也许老师觉得盛冠变成了食欲的奴隶，悲伤地说：

"我知道你很痛苦。老师以前也和你一样（说明一下，盛冠的体重超过七十公斤）。真想彻底放弃，想吃什么就吃什么，吃死算了。可是剩下的人生还有那么长，怎么能这么早就放弃？你应该和巧克力棒永远说再见。跟我说，Goodbye！"

老师夺过巧克力棒，扔进垃圾桶，还打手势和巧克力棒告别。盛冠好像受到了严重的刺激，张大嘴巴看着这一切。老师是不是精神出问题了？我暗暗为老师担心。

"是……我会努力的。老师您也加油，肯定会好起来。"

老师的心情立刻好转，愉快地说：

"你们看，虽说盛冠偶尔使用暴力，内心还是个温暖的孩子……"

每个人的内心都很温暖，最好的例子就是我爸爸。

前不久，我在睡觉前带左左去阳台，意外地发现阳台上有个狗屋。那是用木板做成的狗屋，屋顶写着"左左的家"。里面有被子，很松软。看来是爸爸在白天做的。我跑到沙发上，紧紧抱住爸爸。

"爸爸，谢谢你。这是我收到的最好的礼物。"

"不是你的，那是左左的礼物。现在天冷了，蜷缩在箱子里太可怜了。"

我开心得眼泪都快掉下来了。不过，我又在想，让左左到客厅里就行了啊，或者在阳台安装壁炉也好。爸爸只是简短地说："回去睡吧。"我立刻收回了眼泪。左左开心得睡不着。

"左左啊，这回暖和了，开心吧？"

"汪汪！"

无论我说什么，左左都喜欢用"汪汪！"作为回

答。我认为这证明左左理解了我的意思。

"左左啊，好好睡觉，做个好梦。"

"汪汪！"

左左的头在我手上蹭来蹭去，舌头温柔地舔着我的手。它的口水里散发出锅巴的香味。

关于左左的新发现

运动过程中，如果我们累了，老师就给我们一块胡萝卜，让我们继续跑。

"老师——要跑到什么时候？都喘不过气来了。"

老师看了看表：

"嗯，运动开始一小时了……恭喜，剩余时间又少了一小时。"

左左跟着我们转来转去，无所顾忌地到处撒尿，好像要用尿向全世界宣示自己的存在。

跑步结束，又做伸展运动。左左也伸长腰，展开身体。

"双腿呈一字形展开，上身弯曲，胸口碰到腿。"

腰挺直，上身弯曲，腿上的筋都要被拉断了。我疼得喘不过气来。

"再坐下，双腿向两侧伸展，胸口贴地。"

盛冠的身体在颤抖。老师强行压下他的背。

"啊啊，啊！腿要断了。"

盛冠的声音好像濒死的动物发出的吼叫。伸展运动好可怕，有可能扯断筋，还会断腿。

最后，我们做了双人体操。两个人背靠背，双臂在胸前交叉，轮流背起对方。"老师，我背盛冠会累死的。"

"我不是说过吗，不许拿体重开玩笑。你严肃点儿。"

老师瞪着眼睛说道。这样一来，老师的眼睛差不多大了两倍，我不由得怀疑她是故意这样。不管怎样努力严肃，靠在盛冠背上的我都像玩具长臂猿似的摇摇晃晃。左左叫着跑过来，咬盛冠的腿。它似乎以为我要死了。盛冠说痒痒，赶走了左左。左左无法靠近，只能不停地叫。如果我幸存下来，它只能炫耀自己曾经为我叫过。老师看着左左说：

"哎哟，好可爱。"

我随时都有死的危险，左左却不顾义气地摇起了尾巴。

"老师很会训练小狗的，几分钟就能教会它'坐下，起立'。你们利用这个时间跳绳五百下。"

原来还没结束啊，我情不自禁地皱起了眉头。

"太多了。"

"对！盛冠脚腕不舒服，那就双脚轻轻跳三百下吧。"

话是我说的，受益人却是盛冠。我们拼尽全力跳绳，累得半死不活。老师又是欢呼，又是鼓掌。当然不是为我们。

"左左学得好快啊？你们看好了，手！"

左左伸出前爪。哎呀，这算什么啊。接下来，神奇的事情发生了。老师用手指画了个圆圈，左左就打了个滚。我感觉自己遭到了严重的背叛。为了教会左左打

滚，我在它面前滚过多少次啊！左左却只是看我表演。

老师说：

"我以为吃屎狗很笨呢，真了不起。"

老师惊讶于自己的口误，急忙捂住左左的耳朵。

"韩玄啊，你要不要试一试？像老师这样，左左模仿得很好。"

我的自尊心受到伤害，开始吹起了牛：

"这些以前都做过，还和我一起跳过绳呢。"

"说谎！它的腿那么短！"

盛冠的粗胳膊交叉在胸前，说道。

"不是说谎，上次跳了十个呢。"

"如果对方不相信你吹牛，那就吹更大的牛"，我根据这条法则做出回答。因为更大的吹牛会遮盖小的吹牛。

"真好笑，哈哈哈。"

盛冠捧腹大笑，还吸溜起了鼻子。左左伤了自尊，汪汪叫了起来。它不敢扑上去，只是看我。左左啊，你觉得我能打败他吗？老师似乎也在忍着笑，脸上的肌肉

轻轻颤抖。

"要是被跳绳抽中会很疼……我相信了，就这样吧。"

我在左左前面纵身一跳，发出跳的信号。奇迹发生了。左左原地跳了起来。天啊！难道昨天夜里我得到了上帝的恩宠？看到左左是跟着我的节奏在跳，我连忙把跳绳给了它。左左比刚才跳得更高了，竟然成功了三次。左左啊，你终于开始报恩了。我得意得近乎发疯。最大快人心的是盛冠失魂落魄的样子。

回去的路上，老师给我们买了好吃的。左左得到了加奶酪的火腿肠。我得到的是一千五百元的冰激凌，盛冠的是不含糖的黑豆浆。一天的委屈烟消云散。我放到盛冠嘴边，让他尝一口，盛冠却向我投来愤怒的目光。

"你们相信我，努力做运动，老师感觉非常幸福。我们最后加油一次好不好？"

盛冠悄悄地看了看四周，说道：

"算了，太丢人了。"

老师有点儿失落，不过还是尊重了我们的意见，条

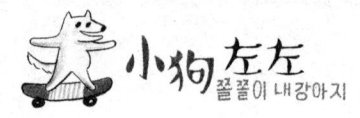

件是以傍晚的运动为主题写日记，明天还要准时参

加……

第二天，盛冠又在做数学题的时候把书撕了。老师

拿来胶带的时候，盛冠这样说道：

"不用了，我自己粘，老师您去看别的同学吧。"

老师含着泪说：

"好的，习惯不会猛然改掉，现在盛冠已经进步了

一大截，对吧？"

盛冠叹息着点了点头。我们老师真的是天下无敌。

左左啊，正义狗也是疯狗

有的狗在独处时会觉得自己是坏狗，从而痛苦不已。有的狗会因为担心看见鬼而害怕（对狗来说，这种事经常发生）。我却觉得独处的时候，我才更像我自己。因为狗就是用来独自看家的嘛。现在，看家的都是钥匙了。狗的任务不再是看家，而是陪主人玩耍。最近我很疲惫。小不点儿总是拉着我去跳绳。

"最近你还和左左一起运动吗？给它洗澡太麻烦了，今天你自己去吧！"

成年女人终于说了句正确的话。起先我只是出于自尊心跳了几下，要是不小心被绳绊住了，腿上就像被戳了洞似的火辣辣地痛。这样跳过之后，必须洗澡，我的压力也在所难免。小不点儿无所顾忌地拿淋浴头浇我，淋得我头晕脑涨，眼睛疼得都看不见了。为了活命，我必须保持高度紧张。洗澡结束，浑身肌肉都僵了。

"我要让左左练习跳绳，上电视。那么左左也会成为特别的小狗。"

小不点儿说。

"汪汪，汪汪汪！（我本来就是特别的小狗，没有必要作秀。）"

明明知道小不点儿听不懂我的话，着急的时候我还是会说话。

在学校旁的公园里，我遇见了名叫"老师"的女人和长得像牧羊犬的男孩子。"老师"很喜欢教别人，一刻不停地说话已经成了习惯。

"左左啊，乖乖，我说'一'，你也跟着一起跳。我说'二'，你就再跳一下，继续跳，记住了吧？"

"汪汪汪！（我不要。）"

我急忙躲开跳绳。小不点儿总是发牢骚：

"要我说几遍你才能听懂？你打算一辈子做平凡的吃屎狗吗？"

"汪汪汪！（特别的狗死后会留名吗？）"

"你要是再敢逃跑，我就不给你吃宠物口香糖了。我这么苦苦哀求，你真的打算这样吗？"

"汪，汪汪汪！（我这么不喜欢，你非要让我做吗？我想看家，让我静一静吧。）"

我逃跑了几次，小不点儿总是把我抓回来。最后，我情绪爆发，咬着跳绳狂叫不已。

老师说：

"你对小狗说那么多，它怎么可能听懂？简单地说'一、二、三'，同时做示范。"

"我不想做示范。它已经听懂了，故意装糊涂。"

老师从包里拿出宠物用红薯干，摇晃着说：

"左左啊，如果你做得好，我就给你吃红薯干。"

我最喜欢用食物诱惑我的人了。这意味着她懂得廉耻，要求对方做事的时候首先想到付出。小不点儿说：

"好幼稚，一看到吃的，眼神都变了。"

你也一样。惹我生气，自己吃火腿肠，你以为我会听你的话吗，哼！

我和小不点儿跳了大约五下，还没等喘口气，赶忙逃跑了。一旦开始喘粗气，跳跃能力就会降低，到时候会被跳绳打中。我跑到老师面前，愉快地摇起了尾巴。

"哎哟，好可爱，可爱，我们左左好可爱。这次跳十下，我给你两块红薯干！好吧？"

老师伸出双手，啪啪拍了几下，晃了晃两块红薯干。真是个不靠谱的人。我正犹豫不决的时候，老师说：

"我们左左害怕了！我们和韩玄一起加油好不好？一、二、三，加油！"

我当然没能"加油"。老师把我当成披着狗皮的人了吗，还是穿着毛皮大衣的人？面带牧羊犬的表情，转呼啦圈的家伙对我的红薯干表现出了兴趣。

"老师，那个红薯干是什么味道？人也可以吃吗？"

看他不停地抽着鼻子闻味，应该是想吃。

"狗吃了不会死，人应该……也没事吧？不过你不

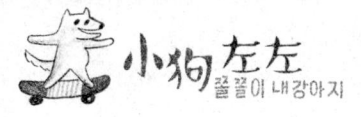

要吃。狗觉得好吃的东西，对人来说不一定是美味。"

牧羊犬小子继续不安地抽鼻子。我努力练习，生怕红薯干被牧羊犬小子夺走。太难了，我总是被小不点儿的裤腿绊住。最后，我竟然真的跳了十下。我屁颠屁颠地朝老师跑去，表达出我对红薯干的渴望。好像不是十下，老师摆了摆手。小不点儿又对我发起了牢骚：

"要上电视当明星的是你，不是我。我都这么努力，你也要专心点儿。"

这是小不点儿的选择，不是我的。此时此刻，如果我能叹口气就好了。终于，牧羊犬小子扔掉呼啦圈，说道：

"这个呼啦圈对我来说太小了，进入呼啦圈都困难，我做不来。"

"你不是答应我会努力吗？"

"我没答应。"

"自古以来，人'应该具备让自己守住承诺的良好记忆力'。"

"这是什么乱七八糟的话？"

"你觉得这是乱七八糟的话？这是著名哲学家尼采说的。"

"我不知道尼采是谁，反正是胡说八道。"

老师抓住牧羊犬小子的手腕，试图强行拉过来。她好像被牧羊犬小子反拉了过去。趁着混乱之机，我叼着跳绳逃跑了。只要没有这根该死的跳绳，我就不用受苦了。逃到公园角落的大树后面，我开始撕咬跳绳。绳子比想象中结实，怎么也咬不断。往旁边一看，两个高个男人正蹲在那儿吸烟。这时，小不点儿找到我，说道：

"哈哈哈，你逃跑的时候还拖着长尾巴。"

小不点儿摇晃着跳绳，得意扬扬。看到两个高个男人，他吓了一跳。突然，小不点儿"嘘"了一声，轻轻地转身走了。

"哎呀，小朋友，夜里出门很危险的。"

"是……现在正要回家呢。"

小不点儿急忙转过身，面对素未谋面的陌生人毕恭毕敬地点头。脑袋挺直如竹签的男人说：

"小朋友，你过来一下。"

"我，我吗？"

"喂，除了你还有谁？"

"为，为什么？"

"你这个小朋友，让你过来你就要像子弹似的飞过来，什么叫为什么？现在的孩子过得太舒坦了。"

没等竹签头说完，小不点儿就像子弹似的跑到他面前。旁边的短发男人从口袋里掏出钱说：

“你去那个便利店，给我们买
包烟。”

“什么？”

“这个臭小子，说一遍听不懂
吗？大哥不能去买烟，很难受，你帮我们
买回来。‘爸爸让我来买烟’，说得可爱
点儿，他们就会给你的。”

小不点儿接过钱，瑟瑟发抖。

“大哥在这里看着，要是不马上回来，你就死定
了。”

救人于危难之际的狗传奇，在狗们当中也很流行。
大火中为救人而牺牲的狗，赶走强盗的狗，保护醉酒主
人的狗，如此等等。也就是说，现在我得到了成为著名
事件主角的机会。我想起以前的野狗生活。别看我身材
矮小，狩猎和采集能力还是很强的。

我使出吃奶的劲儿，狂叫着冲了上去，不顾一切地
去咬看似最软弱的竹签头的脚腕。

“啊，啊！这个狗崽子咬了我的脚后跟。”

我身材矮小，任由竹签头使劲摇晃他的腿。这样他会更疼。短发男人喊道：

"这条狗是你的吧？你和狗，你们俩都死定了。"

他环顾四周，像是在找什么东西。我变换方向，咬了旁边的脚腕。尖叫声响起，应该又咬中了。这时，我听见小不点儿的回答：

"那只狗和我没关系，是流浪狗。"

我觉得有点儿荒唐，却不想放开，继续咬住。闻到苦涩的血味，我的肾上腺素似乎要爆发了。

"简直是疯狗！"

竹签头抱住出血的脚腕，边逃边喊。短头发也一瘸一拐地后退。我放开他，威胁着追了上去。小不点儿在后面喊道：

"大哥，你们的钱得拿回去啊。"

狗不会叹气，真是郁闷。男人们逃跑之后，小不点儿还是假装不认识我。直到我们来到有路灯的地方，他才说话：

"哎——差点儿没命了。"

小不点儿两腿发抖，有气无力地坐到地上。老师和牧羊犬小子走了过来。

"出什么事了？刚才我听见左左使劲叫……"

"两个可怕的大哥哥让我帮他们买烟，左左救了我。"

"哎哟，没受伤吧？"

老师抚摸着我的身体说。除了受刺激，我没有受伤。牧羊犬小子说：

"您看，天黑锻炼身体是很危险的。现在天也冷了，好痛苦。"

"哎，都怪老师贪心。以后不会再折磨你们了。"

"不，这段时间我们养成了运动的习惯，好像慢慢瘦下来了。"

小不点儿和牧羊犬小子安慰老师，说没有白辛苦。回去的路上，我和小不点儿去了便利店。他把买烟的钱都花了，还给我买了零食。当然，他没有忘记偷偷放进我的狗屋。从那之后的几天，小不点儿每次吃火腿肠都会给我。我大概能猜出小不点儿的心思。

　　几天后，小不点儿对我流露出失望的表情，同时给老师打电话：

　　"老师，我在电视台网站上传了左左的视频，可人家说还有比左左跳得更高的狗。"

　　小不点儿用手机发送了相关视频。老师发来短信：

　　"天啊，太可惜了，不过这也算是美好的经历吧？"

　　究竟是谁的美好经历呢？这个问题值得思考。通过这件事，我明白了一个道理：要想自由自在地生活，那就不要逞能。这才是明智之举。

不是我的尿

　　寒假里，小不点儿似乎打定主意要尽量多睡觉。成年女人总是让我叫醒小不点儿。我尽量装作听不懂她的话。今天，成年女人独自忙着为节日做准备，我看着有些心疼，所以决定帮忙。

　　小不点儿仍然睡得酣畅。酣畅的意思是口水流到两侧，趴着睡觉。我打算温柔地唤醒他，于是调皮地舔去粘在他嘴角的白花花的口水。小不点儿大概把我的舌头当成了自己的舌头，不停地咂嘴巴。这回我舔他的眼睛。小不点儿只是揉着眼睛，皱了皱眉头。我用前爪摇晃他的后背。小不点儿用手指挠后背，根本够不到。我

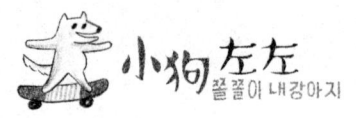

渐渐失去耐心，不得不大声叫了。不过我知道，在楼里叫会让家人很难堪，就对着小不点儿的耳朵短促而高亢地叫了一声："汪！"然后又小声叫唤。不管多小的声音，狗都会敏感地听到并且醒来，然而小不点儿却在半空里摇摆他的手，表达着不耐烦，仿佛我是浮在半空中的。如果我的耐心再少点儿，恐怕会咬住他的衣服不放了。

我决定静静地做些事情，让小不点儿自己起床。正好床边的桌子上放着小不点儿准备喝的大麦茶。我用嘴叼着杯子把手，费劲地拖往床这边。水稍微晃了几下，我把持住了重心，几乎没有弄洒。接下来，我只要轻轻把杯子拖到小不点儿屁股旁边就行了。这也不难做到。杯子翻了，黄色的液体缓缓流进小不点儿的裤子和被子。为了销毁证据，我把杯子藏入床底，然后悠闲地等待。

不一会儿，小不点儿似乎察觉了什么，猛地睁开眼睛，痉挛着坐了起来。他摸了摸被子和裤子，抽动鼻子闻味。睡觉的时候那个部位变湿，除了尿还能是什么？

小不点儿急忙换了裤子，拿来电吹风烘干被子。这时，门突然开了。

"韩玄啊，怎么自己起床了。赶快穿好衣服，出去买豆腐和油。你在干什么？"

"还能干什么，这不是在叠被子吗？"

小不点儿指着被子说。成年女人掀开被子：

"天啊，你有什么事吗？自己起床已经很奇怪了，竟然还叠被子。电吹风是怎么回事……你不会尿床了吧？"

今天突然做了平时不做的事，当然会引起怀疑。小不点儿泰然自若地打了下我的屁股，说：

"左左啊，你怎么能往我的被子上撒尿呢？"

成年女人看了看我："真是你尿的？"

凡是有自尊心的狗，受

屈辱的时候都应该懂得为自己辩护。我在成年女人面前理直气壮地撒尿，澄清被子上面绝对不是我的尿。为了免除分两次尿的误会，我特意尿了很多，然后把屁股对准成年女人。每当我不在固定位置撒尿的时候，成年女人就先打我的屁股，然后把我赶到阳台。

　　成年女人忙着照顾小不点儿，随手打了我几下就算完事了。我该做的都做了，心情轻松地去了阳台。

不是雪人……是雪狗

　　春节将至。不久后将成为中学生的家伙竟然还让妈妈担心尿床。我宁愿被妈妈训斥。听到妈妈的忧虑，我感觉自己真的很糟糕，心情很抑郁。不过事情很奇怪。这种感觉一旦出现，睡着睡着也会清醒地意识到。

　　妈妈让我带左左出来，世界已经被白

雪覆盖了。一看到雪，左左就像吃错药了似的乱跑，在雪地上留下圆形和之字形的脚印。似乎所有的东西都要尝过味道才能了解，它吃了几口雪，打起了喷嚏，然后摇摇晃晃地看着我，仿佛在问：你为什么走得那么泰然自若？

完成妈妈交代的任务后，我拿着雪橇出门，来到公园的坡路上。附近的孩子们已经在玩雪橇了，或者在河边堆起了雪人。我坐在雪橇上，前后摇摆身体，滑了下去。这时，左左气喘吁吁地跑过来，好像在质问我："你怎么可以自己玩雪橇呢？"

"不行，你别过来！"

说完这句话的瞬间，雪橇加速下滑。左左好不容易抓住雪橇的尾巴，就挂在后面滚了下去。四处翻滚的左左身上沾满雪，变成了雪狗。我把它扶起来，它摇晃身体，甩掉雪沫。左左若无其事地叫了声"汪！"然后用嘴巴咬住雪橇的绳子，示意我快点儿上去。这回我把它放在膝盖上。左左坐得很端正，像狼一样叫着滑了下去。

　　回家一看，爷爷奶奶从乡下来了。他们都已年过八十，还在做农活。也许是这个缘故，奶奶经常说膝盖和腰疼，做过物理治疗。看到左左，奶奶问是不是上次捡来那只狗。奶奶以为送到农场去了，看到仍然养在家里，似乎有些惊讶。

　　"孩子，不知道从哪儿来的狗，你就养在家里？我觉得不太舒服。"

　　"奶奶，左左不是捡来的，是自己找上门的。"

　　"现在的妈妈们都害怕传染病菌，摸都不让摸流浪狗，你妈妈怎么会让你在家里养流浪狗呢，真是搞不懂。"

　　"就因为现在的妈妈们都这样，所以孩子们没有免疫力，动不动就生病。"

　　听了我的回答，爷爷笑着说：

　　"呵呵呵，小家伙，快上中学了，说话都跟大人似的。"

　　旁边的妈妈插嘴说：

　　"是啊，每天都因为左左挨很多责骂，太可笑了。"

　　左左正准备逃向阳台，我抓住它，把它关在浴缸里，开始洒水。全身都是泥土和雪。现在，左左也悠闲地冲着身体，等待我帮它打香皂。我认真地揉搓左左的身体，冲洗干净。左左瑟瑟发抖，不停呻吟，似乎在告诉我，它在强忍。我用大浴巾包起左左，走出卫生间。姐姐拿电吹风帮它吹干，说：

　　"听说你尿床了？"

　　我瞪了妈妈一眼。妈妈对儿子没有丝毫的尊重，竟然散播这种丑闻！尽管心里像打翻了五味瓶，我还是故作泰然地说：

　　"那，那不是我的尿，是左左的。"

　　"左左总能帮你的忙，这种屎盆子也可以扣到左左头上啊。"

　　我很愤怒，弹了一下左左的脑门。

　　"喂！都是因为你往我床上撒尿。"

　　左左吓了一跳，急忙爬到沙发底下，不肯出来。

"好了，好了，就当是左左干的吧。"

姐姐达到了激怒我的目的，回房间去了。

竟然对无辜的左左使用暴力，我很内疚，于是弯下腰，尽可能柔和地呼唤："左左啊——"无缘无故地挨了打，还有高声的责骂，左左似乎生气了，一动不动地在角落里瞪着我。我拿来最有力的武器火腿肠，还是无济于事。我不理它，看了会儿电视。这些日子我每天带它散步，给它找地方大便，喂它吃火腿肠，怕它冷偷偷让它和我一起睡觉……我也觉得委屈和难过。

"如果你打算一直这样下去，那就随便吧。我不会再管你了。"

我使劲关上房门，躺在床上睡着了。睡了很久，我在黑暗中睁开眼睛。刚才好像听见了挠门的声音。不一会儿，我听到左左在汪汪叫了。刚才那么生气，现在又想和我一起睡了吧。我不想理它，可是感觉和平时不太一样。我打开门，左左用前爪挠我的腿，然后用嘴巴扯我的衣服，肯定是发生了什么不好的事情。

左左把我带到厨房，厨房地板上放着无比黑暗的什

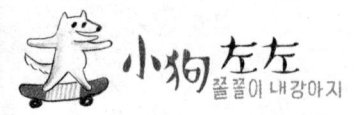

么东西。我小心翼翼地找到开关。厨房亮了，奶奶躺在最黑暗的地方。

"奶奶！奶奶晕倒了！"

我跑到卧室，急忙叫醒爸爸妈妈。妈妈打了119①，爸爸按住奶奶头上流血的位置，按摩身体。我第一次看到爸爸因为恐惧而颤抖。

幸好治疗及时，奶奶接受了各种检查，三天后就出院了。奶奶平时就患有膝关节炎，从卫生间回来摔了个跟头，头撞到桌角，晕了过去。奶奶抚摸着左左说，多亏了左左，这才捡了条命。奶奶还说，冬天太冷了，把左左的狗屋从阳台搬到客厅，又往左左的饭碗里添食物，添了好几次，比过年还要丰盛呢。左左吃得津津有味，就是不停地去卫生间。

---

① 韩国的急救电话是119，中国的是120。

我也想过生日

今天是星期六，小不点儿休息的日子，大清早就出去散步。刚刚出门，我就在单杠和树旁边撒尿，远处传来当啷当啷的声音。佐朗的气味和奇怪的臭味同时飘来。

佐朗脖子上挂着金色的铃铛，当啷当啷，摇摇晃晃走了过来。可能是剪过毛的缘故吧，每走一步，金毛便在阳光下闪闪发光。每当这时，我的心情也跟着闪闪烁烁。佐朗绕了一圈，用尾巴打我的头。我这才回过神来。佐朗的尾巴更长了。它伸直尾巴，身上像是挂了漂亮的天线。

佐朗声音洪亮地说：

"一大早天空就这么蓝，感觉会有开心的事情发生，对吧？"

"哦，哦……"

"哎哟，你的回答怎么这么短？脸色不太好啊。最近你还因为自己是吃屎狗而挨训吗？"

"啊，不是……不是这样的，好久不见，太开心了……你更美了。"

佐朗轻轻咬着尾巴和屁股，在我周围转圈。

"呵呵呵，你也这样认为吗？SO，SO HOT！我好漂亮，SO，SO HOT！我好有魅力。"

佐朗唱着适合自己的流行歌曲，翩翩起舞。尾巴长了，佐朗的得意忘形也愈演愈烈。沉浸在自己魅力中的佐朗说：

"其实今天是我的生日，早晨在蛋糕上插了三根蜡烛，还唱了生日歌。这个铃铛也是早晨得到的礼物。怎么样？"

佐朗使劲摇晃着金色的铃铛。这个东西非常适合炫

耀："大家看我，漂亮死了吧？"

"好漂亮……生日快乐，要是早知道就好了，我可以送你礼物。"

"哎呀，送什么礼物啊，没关系，狗又没有钱。"

我不知道自己的生日是什么时候。妈妈说生我的时候住在院子里，看不到日历。即使有生日，恐怕也得不到祝福。想到这里，我就心生嫉妒，对淑女说了不该说的话：

"你知道吗？你身上有味儿。"

佐朗立刻停止了摇尾巴。

"怎么可能……昨天晚上还洗澡了呢……啊，我知道了，我耳朵病了。耳朵发炎，里面堵得连声音都听不见，所以打了很大一针……"

佐朗说打了那么大的针，还能活下来，真算是奇迹了。它还说小辫女孩让它打了那么大的针，它都不和她说话了。

佐朗长着翅膀似的大耳朵，耳朵眼儿里不通风。它的耳朵太大了，仿佛只要赐予力量，它就能飞起来。

"对不起，我不知道，我是因为嫉妒你过生日才这么说的。"

长椅上的小不点儿和小辫女孩开始呼唤我们。佐朗不愧为吃过生日大餐的狗，超高速跑过去，爬上了小辫女孩的膝盖。给狗狗过生日的主人，的确值得佐朗这样。我慢吞吞地走过去，闷闷不乐地拽小不点儿的裤腿。这样做小不点儿不可能明白，可我就是心情不好。

小辫女孩看着小不点儿说：

"你没见过它吃药吧？我演示给你看，你看好了。"

小辫女孩把佐朗放到小不点儿怀里，从包里拿出什么东西。佐朗瞪大眼睛，挣扎着试图逃离小不点儿的掌心。

"先把药末用水冲开，吸入不带针的注射器，再把注射器对准嘴巴，一点点地注射进去。"

小辫女孩从后面抱住佐朗，把不带针的注射器对准它的嘴巴。佐朗嘴巴紧闭，流入嘴巴的药水咽下一半，吐出一半。小不点儿感慨小辫女孩的技术，露出一副马上就要模仿的眼神。

"哇，你好像兽医啊！"

小辫女孩甩了甩手，流露出完成任务后心满意足的表情。佐朗夺拉着尾巴说：

"看上去的确很残忍，不过没关系，毕竟我的炎症快好了。"

我第一次感激自己长了短耳朵。不过倒霉的是，小不点儿总是对药表现出兴趣。

"要不要试着喂一下左左？反正是药，就当预防了。"

我的耳朵很短，而且是竖起来的，不需要预防。

我想偷偷逃跑，腿被小不点儿抓着，只能躺着不动。小不点儿抓住我的嘴，往两侧掰开，喉咙都要被打开了。喉咙一打开，我就无法用鼻子呼吸，只能用嘴巴喘粗气了。小不点儿拿着注射器的手在颤抖。我感觉鼻子好痒。

"阿嚏！"

我打了个喷嚏。口水像喷泉似的飞溅出来，均匀地洒满小不点儿的脸。小不点儿皱起眉头。我却在心里大

叫痛快。

我逃离小不点儿的掌心，和佐朗玩起了追捕游戏。先是我抓佐朗，然后是佐朗追我，我们滚作一团。虽然幼稚，但很好玩。等到气喘吁吁的时候，我们认真挖地，比赛谁挖得更深。佐朗赢了，它用尾巴抽打我的屁股三下。第二次又是左左赢。我要背着佐朗走十步。原来嫌弃泥土脏的佐朗变成了挖土专家。

到了分开的时候，我帮佐朗舔了耳朵里的炎症，算是送给它的生日礼物。开始它很疼，后来感觉非常清爽。佐朗用头蹭我的脖子，表达谢意。我想象着和佐朗生儿育女，组成幸福的家庭。

第二天醒来的时候，太阳已经升到了天空正中央。起床时状态最好，心情却不怎么样。因为睡得太多了。睡得少了，身体状态糟糕；睡得多了又对自己感到失望。这是我长期以来一直存在的问题。

家里弥漫着温暖的气息，传来小不点儿的笑声。我到客厅一看，竟然放着蛋糕。

"哎呀，醒得正是时候。"

　　小不点儿带着我，坐到餐桌前面。

　　"生日快乐，心爱的左左，祝你生日快乐。"

　　小不点儿一家为我唱了生日歌。成年男人只是拍手。我相信他是因为不好意思才这样。小不点儿给我穿上了带花点儿的狗鞋，说是送给我的礼物。应该会很滑，不过样子真的很漂亮。穿在脚上很挤，我恨不得立刻把它咬碎。考虑到小不点儿的心意，我还是开心地接受了。小不点儿说：

　　"今天是我们相遇的日子。为了纪念这一天，我给你准备了这些。"

　　我忘乎所以地摇着尾巴，跑来跑去。成年男人说：

　　"让它安静点儿，吃饭呢，弄得到处是毛。"

　　"我特别为你提供免费的羊肉，因为今天是你的生日。"

　　不用跑几百米，就能吃到羊肉，我真的好开心啊。遗憾的是，生日蛋糕都被人类吃了。电脑少女说：

　　"妈妈，今天是左左的生日，要不要给它块蛋糕啊？"

"算了，吃蛋糕会兴奋死的。也可能患上糖尿病，或者心肌梗死。"

吃屎狗的肠胃很结实，没关系的。真希望有人能这样说。凭借比人类敏感几百倍的嗅觉，忍住对甜美蛋糕的羡慕，真的太痛苦了。我发出呻吟。

"怎么说也是生日蛋糕啊，给这么点儿也不行吗？"

小不点儿手里的蛋糕只有我的巴掌那么大。成年女人无可奈何，算是默许了。这已经让我感恩不尽，因为我一直过的是饲料生活。

我尽可能慢慢地享用蛋糕。最后一口，为了更长久地品尝美味，我连口水都没咽。口水太多，蛋糕滑到喉咙里了。唉，真是徒劳。

希望被吞掉了

　　每个周五，爸爸都会买彩票。他坐在沙发上，心满意足地注视着彩票。每次爸爸买彩票，妈妈都会发火，说有多少人对虚妄的事情空怀希望，最后毁灭，有的妻离子散，流浪街头，乞讨为生。爷爷因为生意失败而承受了巨大的痛苦，所以妈妈对不确定的事情深恶痛绝。为了家庭的和平，我静静地问：

　　"爸爸为什么总是做妈妈不喜欢的事？"

　　爸爸有着自己的信念。

　　"每家每户都有人买彩票。如果不买彩票，我们家什么时候能买上别墅，什么时候才能环球旅行？爸爸买

的彩票里承载着我们一家人的希望。如果没有希望，谁愿意学习和工作？可是我们家有谁像我这样为了买彩票做出牺牲？而且是用自己的零花钱。"

按照爸爸的说法，买彩票才是对我们家最好的事情。爸爸也有幸运的时候，去年还中过十万元呢。我们去西餐厅吃饭，还剩三万，又去练歌房尽情唱歌，剩余的钱给姐姐一万，给我五千。姐姐和我欣喜万分。妈妈却大发牢骚。花了一百万才赚十万，这算什么了不起的事吗？这是诈骗。我们得到什么了？像我们这样的市民，给国家纳税还不够，难道还要买彩票？甚至还说，如果我和姐姐对彩票这种事抱以希望，那就赶紧收拾行李离开家门。我问爸爸：

"这周买了多少钱的？"

"两万元。每月买十万元的彩票。这钱就算不花，爸爸也会买对身体好的鳗鱼，还会买双新球鞋。这些我都忍着没买，留下钱买彩票了。"

爸爸的新球鞋才买了三个月，虽说没吃到鳗鱼，可是五花肉、里脊肉和肉包饭都吃过啊，真不知道还有什

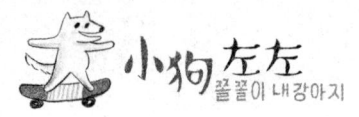
么好忍的。不过呢，心怀希望终究是好事。

"如果中了大奖，要给我买智能手机和很贵很贵的运动鞋。"

"好吧，我考虑一下。你要努力学习，考出好成绩才行，知道吧？"

"是。"

我和爸爸的对话到此结束。父母和子女聊天，一旦谈及学习成绩，恐怕就无法继续了。

第二天吃完晚饭，爸爸和我并排坐在沙发上等待彩票开奖。只剩两个小时了，我不由得紧张起来。爸爸说最近没什么好节目，不停地按遥控器。画面迅速变换，看得我头晕。

爸爸选的号码乱七八糟。我分析应该支持什么号码。26和11出现过三次，我首先支持这两个号码。这三张彩票当中有两张共同出现过17和46，如果支持这两个号码，胜率应该会提高吧。爸爸打起了盹，换频道的速度也慢了。我也不由自主地睡着了。

突然，爸爸把我摇醒。

"沙发上的彩票不见了。你知道在哪儿吗？"

"彩票？在沙发上……"

"是啊，沙发上的彩票不见了。"

"不见了？"

爸爸拍着胸口，大声叫喊，让我快点儿去找。

"会不会被妈妈藏起来了？您问问妈妈吧。"

爸爸茫然地回答说：

"这个推测有点儿道理。不过你去问更好。"

我跑过去，问妈妈有没有看到爸爸的彩票。妈妈大声呵斥我，不许提该死的彩票。找到也不会中奖，还不如丢了，从现在开始做点儿有意义的事情更好。这时，第一个中奖号码公布了：

"第一个号码是11。"

"哎呀！我看见爸爸的彩票上有11。"

"是吗？得先知道号码才行。"

爸爸焦急地晃着腿，等待下一组号码。下一个中奖号码是46。

"这个号码和11在一起，还有26。怎么办啊？这是

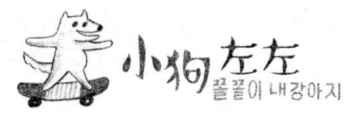

个幸运号码呢。"

"天啊，你确定吗？"

"我确定，我事先分析过几个有利的号码。"

这时又出现了26号和22号球。

"那一行里也有22吗？你想一想。"

"这个不知道……17肯定有。"

正在这时间，17号球公布出来了。爸爸欢呼着抱住了我。

"真没想到你还有这个才华。终于尝到了养你的甜头！已经中了四组，四等奖有保证了。"

另一个球是34，附加球是5。我说好像在两排号码里面见过34。爸爸说买了十年彩票，终于中了一次三等奖，还有可能是一、二等奖。爸爸边说边抱着我转圈。我做了这么长时间的儿子，终于给爸爸带来了骄傲。现在就剩下找彩票了。沙发上的彩票不可能自己飞走啊，没什么可担心的。确认彩票不在沙发下面，也不在妈妈手中之后，我恍然大悟。这个倒霉的号码，我真不该记住……

　　跟随确定的预感，我走向左左的狗屋。左左已经嚼碎了一张彩票，另几张只是尝了尝味道就吐出来了。剩余部分有点儿湿，不过只要好好熨烫，应该可以复原。我急忙把彩票塞进口袋，假装什么也没找到，回到爸爸身边。如果这个真相被爸爸知道，我和左左的未来都不可预测。爸爸问：

　　"没被左左吃掉？"

　　"应该没有，吃完晚饭，左左就睡着了……"

　　我小心翼翼又用力地回答，生怕声音会颤抖。爸爸的目光之中流露出对妈妈的怀疑。

　　"也是，人不敢保证，狗总不能偷彩票吧。"

　　"爸爸，我看我们还是等一等吧。反正妈妈用钱的地方多着呢。"

　　妈妈在厨房里大喊：

　　"算了，彩票中奖概率是八百万分之一，就算遭雷劈十次，也中不了一次彩票。"

　　我回到自己的房间，钻进被窝辨识号码。11、17、26很完整，可是另外的号码被口水沾湿了，模模糊糊，

像22，又像34。46痕迹全无。我把彩票团成小球，扔在床底，谁也不可能找到。就这样，彩票怀抱着我的智能手机和昂贵运动鞋，躺在那里了。

几天后，妈妈通过电视购物买了双开门冰箱。爸爸确信妈妈是用彩票中奖的钱买的冰箱。每次开关新冰箱，爸爸的脸上都洋溢着满足。爸爸还说本来应该给我买运动鞋的，谁知钱都用来买冰箱了，对不起。我也决定像爸爸那么想。比起床底下的彩票，冰箱要现实得多。

梦话感应

　　小不点儿又做出了奇怪的举动。他想通过心灵感应和我对话。小不点儿说，他之所以不了解我，那是因为自己是高等动物。我对他不了解，也是因为他是高等动物。小不点儿说，他会通过自己的宇宙精神力量向我发送感应。

　　"我会集中注意力，向你传达形象和声音。你敞开心灵接受就行了。"

　　小不点儿把双手的手指放在眼睛旁边盯着我。我也想看小不点儿的眼睛，感觉很别扭，很快就去看别处了。小不点儿把脸凑得更近，使劲盯着我，眼睛都看红

了。要想摆脱这种状况，我必须假装做点儿什么才行。

小不点儿气喘吁吁地放下手。也许是超能力让他耗尽了气力吧，不过我只看到快要蹦出来的眼睛。小不点儿说：

"路上有那么多人，你为什么偏偏追着我？"

我尽可能做出肯定的姿态，看着小不点儿。我之所以跟随小不点儿，那是因为我从他的眼神里看到了犹豫。当时我正处于困难时期，别说脏水和冷饭，酸臭腐烂的饭我都觉得好吃。大部分人看都不看我，小不点儿却把热狗分给我，还在犹豫"要不要再给点儿"。我从他的犹豫中看到了希望。

"我感觉到了什么……啊——我长得帅，看起来性格也很好，应该会给你很多好吃的东西，所以你就跟我来了，对吧？"

"汪！"

这种程度就算是理解了吧，我乖乖地给予认可。

"第二个问题。"

幸好这次小不点儿闭着眼睛发送感应，我可以免除

尴尬。小不点儿的眼皮在颤抖，非常专注地说：

"狗撒尿时为什么要抬起一条腿？"

我发送的是人类联系时使用的手机图像。对狗来说，尿是传达信息的主要手段。我们狗之间见面越来越难。在家里不许叫，也不知道隔壁住的是谁。狗不能随便确定散步时间。有的狗因为长期见不到狗，只在人群中长大，竟然以为自己是人类。这是多么悲哀的事情。因此，我们在撒尿的同时告诉其他的狗："某狗从此经过，这是我的领域。"

狗尿里承载着很多信息，可以推测出某个地方属于谁。抬起一条腿是为了让气味尽可能飘得更远。若想让气味飘散到更远的地方，最好的办法就是在更高的地方撒尿，只有抬起一条腿，尿才会撒向天空。如果是自尊心强的狗，为了炫耀自己的强大，甚至会用两条后腿撑着墙壁，倒立撒尿。这样尿液可以到达更高的地方，从那里经过的狗就会知道，"一只很大的狗从这里经过，我要小心"。有的人类也会冲着墙壁撒尿，我不知道他们要传递什么信息。

小不点儿终于睁开了眼睛。

"黑色画面上飘浮着像毛一样的东西。对！狗讨厌尿粘在毛上，所以抬起一条腿，哈哈哈，我是天才。"

高等动物的思考范围真的狭窄又浅薄。我决定告诉他准确的答案，于是亲自做示范。我先在沙发上撒尿，表示这是成年男人的位置。小不点儿大声喊道：

"你这混蛋，每次往爸爸的位置上撒尿，你我的生命都会缩短，你不知道吗？"

我好不容易才尿出来，小不点儿却用毛巾擦掉了，然后用电吹风吹干沙发。看来他还是没听懂。我只好在椅子上撒尿，表示电脑桌是电脑少女的领域。坐在椅子上的电脑少女对气味比较迟钝，慢慢地感觉到裤子湿了，大声说：

"金韩玄，你又往我椅子上倒水？直到明天，你别想玩电脑了。"

"我没倒水啊……等一等，我来判断一下。"

小不点儿仔细观察椅子，然后得出结论，要么是我的尿，要么是电脑少女的尿。电脑少女因为自己的领域

受到侵犯而生气，使劲关上了房门。小不点儿也不知道有什么好高兴的，嘻嘻笑着，给我一块宠物口香糖。

"左左啊，真棒。这样的快乐才是幸福。左左啊，你什么时候会感觉到幸福？"

什么时候会感觉到幸福？这个问题真是突然袭击啊。我喜欢在柔和的阳光下打瞌睡。火腿肠会让我兴奋不已。我也喜欢散步时掠过脸颊的微风。当然，这些还不能算是幸福。

小不点儿又闭上眼睛，颤抖着向我发送感应。我有点儿难过，任性地叫了起来。

"我想和你对话，你认真点儿不行吗？在脑子里想一想要发送给我的形象，敞开心灵……敞开！快点儿敞开！"

小不点儿瞪大眼睛喊道。我想逃跑，他却让我直挺挺地靠着椅背。狗用屁股坐着的时候，生殖器会暴露出来，前腿只能狼狈地抬起。像我这样有自尊心的狗，怎么可能做出这样的姿势？我挣扎着试图逃脱，却被小不点儿抓住了尾巴。我想把尾巴抽出来，就用嘴咬尾巴，

结果又被小不点儿抓住了头。

"你这个倔家伙！你折磨我的时候最幸福，对吧？"

嘿嘿，或许是吧……

如果真能通过心灵感应对话，我也想问个问题呢。人抚摸狗，抚摸狗的毛，拍打后背。狗用舌头做大部分的事情，人却用手去感觉。那会是怎样的感觉呢？

还有吃饭的时候，为什么要用筷子这种复杂的东西？我始终觉得用食指要比用筷子方便得多啊。原来还以为是因为食物烫，后来发现吃不热的食物，人类也用筷子。喝汤的时候我也不明白，直接用碗喝就行了，他们却用勺子一口一口地舀着喝。急性子的人不停地舀汤，真让人着急。

此外还有很多。人们为什么总是看钟表；衣服又不脏，为什么总是洗；脸蛋和昨天一模一样，为什么要照镜子；人类走过的地方，为什么总是出现垃圾……

那天夜里，我睡在小不点儿旁边。在梦里，我们面对面喝着热气腾腾的可可。我们对彼此都有很多好奇，可是想不起来了。我想问什么来着……有趣的是，小不

点儿像狗一样用舌头舔食物，我像人一样用起了勺子。可可很热，我情不自禁地发出呻吟。咕隆，我被小不点儿的梦话惊醒了。哼哼，小不点儿也被我的梦话声惊醒。睡梦中，小不点儿抚摸我的后背。我也舔舐小不点儿的手。

也许，我们彼此之间已经没有任何疑惑了。

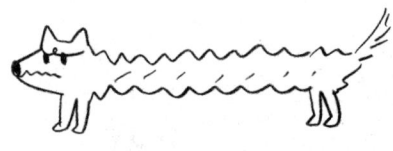

五年后，某一天的散步

自从在五年前第一次拥有了自己的狗屋，我的狗屋越来越大。大到身体不舒服的时候，还可以在里面滚上两三圈，头都晕了。出生一年之后，我的身体几乎没有再长大。成年男人似乎对给我建房子产生了兴趣，我的狗屋越来越大。大也没有用，里面什么都没有。

这期间发生了几件事。最开心的是我有了两个儿子和三个女儿。孩子们出生三个月，我把一个儿子和两个女儿从佐朗家带回来，让它们和我一起生活。小不点儿的情况不太如意，两个月后又把它们送回去了。这让我很痛心。那两个月里，我尽可能地爱它们，给它们讲人

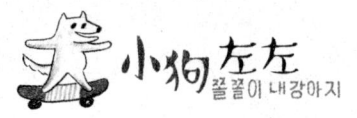

类的故事和狗的历史。组建家庭是我生命中最幸福的经历。

小不点儿已经毕业两次，仍然在上学。看他的举动，也不像是多学了什么东西，只是越来越忙，跟我玩的时间更少了。有一次，小不点儿踢足球，我也跟着去了。一旦球飞过来，我就会叼起比我嘴巴还大的足球，交给小不点儿。有人说不公平，也有人惊讶于我的足球水平，愿意接纳我为足球运动员。为了庆祝胜利，小不点儿请我吃热狗。第一次见到小不点儿的时候，我吃的就是热狗！我还喜欢去海边戏水。水里有太多太多的盐，我喝了几口，吓得差点儿痉挛。漫步在海边的感觉我永远不会忘记。人们偶尔会毫无来由地做出愚蠢的事情，我不知道为什么人们要往那么多水里放盐。最美好的回忆是和小不点儿一起躺着看漫画；在花儿吐出新芽的春日，和小不点儿一起爬山，还有抢袜子游戏之类。

看海的时候，度过无数个春天的时候，读书的时候，和人类深度交流的时候，我偶尔会用妈妈的眼光看世界。也许我已经过上了妈妈想要的生活。从这点来说，我非常感谢小不点儿一家。

最近六个月，我感觉自己的身体在迅速变老。不停地掉毛，剩下的毛也失去光泽，感觉身体很糟糕。我还患了皮肤病，总是挠个不停，都不好意思出门了。我真怕我从早到晚只剩下呼吸、睡觉和挠痒痒。两个月前，我因为身体严重不适而在大医院住院一周，也不知道花了多少钱。不过我确信，那次小不点儿家花的钱比过去几年花在我身上的钱更多。

我经常想去小不点儿的房间，又怕因为掉毛而显得衰老，好几次都放弃了。衰老并不丢人，可是因为衰老而发生的事情令我困惑。身体衰老并不意味着思维的衰老。

小不点儿上学之前蹲在我面前，用手抚摸我的后背。小不点儿渐渐长成了像模像样的大人，在他身边，我感觉自己变得渺小了。

"左左啊，睡得好吗？该起床了。"

我没力气起床，只是摇了摇尾巴。见我摇尾巴，小不点儿以为我心情不错，就放心去上学了。我也可以放

心地睡觉。

不知道过了多久，成年女人用晚饭敲打地板，呼唤我的名字。今天又是水泡的饲料。两个月前，我吃饲料硌破了两颗牙齿，后来就吃用水泡过的饲料，像粥。明明没有胃口，可是成年女人忧心忡忡地看着，我只能假装吃得津津有味。这样成年女人就会觉得庆幸，然后走开。

又过了一会儿，小不点儿回来了。他叫我：

"今天怎么样？身体好些没有？整整一天我都在学习，从这张课桌换到那张课桌，从这位老师身边换到那位老师身边。"

"学习"这东西，不能简单说好或不好。看小不点儿这样的年轻人渐渐变得脸色黯淡，学习应该是个很可怕的东西。

天黑了，"太阳这么快跑到哪儿去了，月亮出来了吗？"我慢吞吞地走出家门，摇着尾巴叫。出门的家人回来了，我表现出这种程度的亲昵，也算是尽了自己的本分。小不点儿说；

"我们很久没散步了，出去散步怎么样？走吧！"

听到"走吧"，我赶紧垂下尾巴，回家去了。小不点儿摸着我的屁股，想把我拉出去。

"每天蜷缩在黑漆漆的地方，身体会变得懒散。身体懒散，心情就会忧郁。心情忧郁，就会没有胃口。你想因为缺少运动而死吗？"

我只是拒绝散步罢了，竟然拿死亡做威胁。

我哼哼呀呀，小不点儿也放弃了，回到自己的房间。我已经连续三个月拒绝散步了。睡觉最舒服。在梦里做运动就行了。

昨天，成年男人带我去宠物医院，给我打针。他说这个月已经为我花了十万元，一张彩票也买不成了。成年男人打开车门，发现了我拉在坐垫上的稀便。

"你刚大便过，怎么就拉在车里了？是不是因为我发了几句牢骚，你就报复我啊？"

我有点儿难过，歉疚地看着成年男人。成年男人说：

"是啊，现在肛门也老了，怎么能怪你呢？"

成年男人的脸上满含着悲伤。

小时候，我信誓旦旦地对妈妈说，我绝对不会喜欢上人类。当时妈妈说这种事无法保证。我还在心里偷笑，认为妈妈这么说是因为妈妈不懂人类的真实想法，心太软，单纯地相信人类。难道真的是活得越久懂得越多吗？有些事需要生活更久以后才能明白和理解。我喜欢小不点儿，和人类在一起很舒服。也许是因为我得到了太多的爱吧。

好像只是闭了会儿眼睛……甜蜜的花香掠过鼻尖，我睁开眼睛，原来是社区公园。春天到了……

小不点儿说：

"左左啊，我长大了这么多，你却老了，我们朋友之间是不是很不公平？"

我比小时候叫得温柔多了："汪！"河对面的山上传来了山鸟的鸣叫声，还有流水声，嫩叶在风中碰撞的声音……一切都在安慰我。今天就是"我该离开的时候"。

小不点儿和我对视片刻，抛出了球。小不点儿抛出的球飞得很远，很远。我习惯性地朝球跑去。我并不害

怕。尽管不能确定是什么地方，然而我现在跑去的地方，妈妈应该在那儿等我了。每迈一步，我都感觉自己正在变小。

哪里传来隐隐约约的"汪汪"声

　　昨天，我梦见左左病倒了，幸好没有死。当我醒来的时候，我宁愿左左在梦里死了。左左的身体好像真的出了问题。

　　我听到左左微弱的呼噜声。以前即使有点小动静，左左也会竖起耳朵醒来。现在，我要呼唤它的名字，或者轻轻抚摸它的脖子，它才会抬起头来。我静静地看着它打呼噜的样子，左左被自己的呼噜声吓了一跳，动了动耳朵。这种时候，偶尔会重现它昔日的样子，然而只是短暂的瞬间。它的耳朵很快就垂下了，眼皮也耷拉下来，连我来了也不知道，自顾自地睡觉。

"左左啊，生日快乐，记得吗？今天是你的生日。今天是星期六，等我放学回来，给你好吃的。"

说完，我就准备上学了。背上书包，穿上鞋，左左走过来，摇着尾巴，叫了两三声。我稍微放心了，走出家门。回家路上，我买了一盒火腿肠。我们家人关于食物的想法发生了变化，只要是左左能吃、想吃的东西，我们都尽可能给它吃。读大学的姐姐买了带花点儿的彩带。爸爸买来蛋糕，还发牢骚说，豆粒大的蛋糕竟然要一万五千元。

左左的鼻子埋进奶油里，吃起了蛋糕。它一会儿舔舔盘子，一会儿舔自己的鼻子。舔得太干净了。看着盘子，我都怀疑有没有给左左蛋糕。吃完蛋糕，左左又吃了火腿肠。它似乎很开心，到处跑来跑去，却不小心撞到了沙发。如果放在以前，我会开心大笑，今天却有点儿心疼。我把左左放在膝盖上，抚摸它的头。

我们想打羽毛球，顺便去附近公园散步。不知为什么，左左站在门口，要求我们带上它。好久没有这样了，我很高兴。

爸爸和姐姐一组，妈妈和我一组。球飞出很远。左左跑过去，把球叼回来，我们全家鼓掌。好久没见过它充满活力的样子了。叼着羽毛球跑回来的时候，左左用闪闪发光的眼睛看我，示意我再把球扔出去。我从口袋里拿出准备和左左玩的球。左左叼着这个球玩过很长时间，到处都是牙印。像从前一样，我对左左使了个眼色，扔出了球。球飞出很远。

左左朝球跑了过去，高高扬起尾巴，边摇边跑。尾巴尖上的彩带仿佛在招手。左左嘴里叼着球看我。我做了个手势，左左放下球，叫了几声，转过身去。一阵凉飕飕的风掠过我身边。像没有答案就交卷的时候，站在空荡荡的车站里的时候（公交车刚刚离开），无意中接电话的瞬间（爷爷去世的日子）感觉到的那种不祥……这种强烈的预感使我身体弯曲。左左从球旁边走了过去。

"左左，把球拿回来啊，球！"

左左又转过头，用清澈而膨胀的眼睛看着我们。好像有话想说却又咽了下去，它呻吟了几声。我往前走出几步，它却迟疑着后退。

"左左啊，过来，你要去哪儿！"

我加快脚步走过去。左左抬头看了看天空，好像看到了什么惊喜，竖起耳朵，转头跑了。不管多么衰老的狗，人都无法追上它的脚步吗？

左左又停下来，回头看我。没事的，没事的，左左用目光安抚我。泪水在眼圈里打转，左左看上去像个小点儿。小点儿朝四周摇晃，剧烈摇晃。泪水落下来，我擦干眼泪，看到爸爸正跑向左左。姐姐紧紧抱住我。我这才意识到自己一直在哭。如果了解心灵的深度，应该知道我的心坠入了多么深的悬崖。

对不起，左左。谢谢你，再见。姐姐用心跳的速度拍打我的后背。我听到妈妈在背后啜泣的声音。

我躺在床上，身体蜷缩得像球，默默地哭泣。我似乎明白了，人为什么蜷缩着身体哭泣。这样是为了安慰自己。抱着自己窃窃私语："没事的……会好起来的……"早晨用舌头把我舔醒，放学时在胡同口等我，睡觉时千方百计想睡在我的床上，我回家晚的时候，它

就像见到一周没见的亲人，欢欣雀跃着摇尾巴。最重要的是，当我痛苦或流泪的时候，它会静静地坐在身旁，告诉我有它陪着我。

几天过去了，一个晴朗的月夜，别人家好好的，只有我们家停电。妈妈说好奇怪，于是点起了蜡烛。全家人都围坐在客厅里。

"看来是左左要回家了……"我这样想着，爸爸说："左左很聪明，在天堂里也会很幸福的。"

"是的，应该已经找到风水宝地，坐下来吃火腿肠呢。就像偷吃我最爱的食物，哧溜溜地吸着吃。"

"还能见到久别的妈妈。"

那天夜里，我们一家坐了很久，共同回忆左左。

仿佛从某个地方传来隐约的声音，"汪！"

你对左左了解多少？

看完了《小狗左左》，你是否对左左有了深入的了解呢？回答完下面的问题就知道了。

Q：左左怎样让小不点儿收养了它？

A：_____

Q：左左会游泳吗？

A：_____

Q：左左用什么方式"撕碎炎热"？

A：_____

Q：左左喜欢骨头胜过喜欢肉吗？

A：_____

Q：蛋糕、火腿肠、羊肉、香蕉、牛奶，哪些东西是左左喜欢吃的？

A：_____

Q：左左为什么喜欢刨地？

A：_____

Q：左左为什么总是在卫生间前的脚垫上拉屎？

A：_____

Q：为什么左左撒尿的时候要抬起一条腿？

A：_____

Q：保持站姿十秒钟对左左来说意味着什么？

A：_____

Q：左左穿上狗鞋后是什么感受？

A：_____

Q：左左减肥的方式是什么？

A：_____

Q：左左会捉老鼠吗？

A：_____

Q：左左喜欢小不点儿训练它吗？

A：_____

Q：左左的休息日是什么时候？

A：_____

Q：左左的妻子是谁？

A：_____

版权合同登记号：图字：11–2015–84 号

图书在版编目(CIP)数据

小狗左左 / (韩)李闵惠著；(韩)金旼俊绘；徐丽红译.
—杭州：浙江文艺出版社，2016.4（2021.3重印）
  ISBN 978–7–5339–4447–6

Ⅰ.①小… Ⅱ.①李… ②金… ③徐… Ⅲ.①儿童
文学—长篇小说—韩国—现代 Ⅳ.①I312.684

中国版本图书馆 CIP 数据核字(2016)第 037105 号

责任编辑 金荣良
封面设计 吴 瑕

小狗左左

[韩]李闵惠 著　金旼俊 绘
　　徐丽红 译

出版　浙江文艺出版社
地址　杭州市体育场路 347 号
邮编　310006
网址　www.zjwycbs.cn
经销　浙江省新华书店集团有限公司
制版　浙江新华图文制作有限公司
印刷　北京一鑫印务有限责任公司
开本　880 毫米×1230 毫米　1/32
印张　7.75

版次　2016 年 4 月第 1 版 2021年3月第7次印刷
书号　ISBN 978–7–5339–4447–6
定价　22.80 元